閻《えん》魔《ま》亭《てい》事件草紙
夏は陽《かげ》炎《ろう》

藤 井 邦 夫

幻冬舎文庫

閻魔《えんま》亭《てい》事件草紙　夏は陽炎《かげろう》

閻魔亭事件草紙
夏は陽炎

目次

主な登場人物

【北町奉行所】

大久保忠左衛門（与力）

甥・**夏目倫太郎**（本作の主人公・百五十石取り御家人の三男・戯作者）

娘・**結衣**

白縫半兵衛（臨時廻り同心）

《半兵衛の手先》

鶴次郎（役者崩れ）

半次（岡っ引）

【南町奉行所】

秋山久蔵（与力）

神崎和馬（定町廻り同心）

柳橋の弥平次（岡っ引）

《弥平次の手先》

幸吉（下っ引）／**由松**（しゃぼん玉売り）

寅吉（行商の鋳掛屋）／**雲海坊**（托鉢坊主）

勇次（船宿『笹舟』の船頭）

草双紙とは、江戸中期から発行された庶民のための絵入り小説である。

頁ごとに挿絵が描かれ、ひらがなで綴《つづ》られる草双紙には、童幼教化的な〝赤本〟、その程度の高い〝黒・青本〟、写実的な諧謔味《かいぎゃくみ》の〝黄表紙〟、伝奇的な〝合巻〟があった。

第一話　春は朧に

一

桜の花が咲き始めた。

雨戸が音を立てて乱暴に開けられ、朝陽が障子《しょうじ》越しに部屋に溢《あふ》れた。そして、屋敷の主《あるじ》の大久保忠左衛門《おおくぼちゅうざえもん》が、障子を開けて部屋に入って来た。

「起きろ。倫太郎《りんたろう》」

忠左衛門は瘦《や》せた首を筋張らせ、甲高《かんだか》い声で怒鳴った。

頭から被《かぶ》っていた蒲団《ふとん》を蹴飛ばし、夏目《なつめ》倫太郎は飛び起きた。

「最早、辰の刻五つ半（午前九時）も過ぎた。さっさと起きて顔を洗え」

「心得ました。伯父上」

倫太郎は怒鳴るように返事をし、脱兎《だっと》の如く離れの部屋を出た。

「ふん」

忠左衛門は鼻先で笑い、足音を鳴らして母屋《おもや》の玄関に向かった。

玄関の式台には、大刀を持った老妻の加代《かよ》と、今年二十歳になる娘の結衣《ゆい》が見送りに出ていた。

「お父上、倫太郎さんは」

結衣が悪戯《いたずら》っぽい笑みを浮かべた。

「居候《いそうろう》の怠け者は、顔を洗いに行った」

忠左衛門が吐き棄《す》てた。

「お前さま……」

加代が大刀を差し出した。

「うむ」

忠左衛門は、大刀を受け取って玄関を出た。

相撲取りあがりの下男の太吉《たきち》が、紺風呂敷に包んだ御用箱を持って待っていた。

「行って参る」

町奉行所の与力・同心の出仕時刻は、巳の刻四つ（午前十時）だ。

北町奉行所与力の大久保忠左衛門は、肥《ふと》った太吉を略供にして組屋敷を出た。

「いってらっしゃいませ」

加代と結衣は式台で見送った。


結衣は離れに向かった。

母屋と離れを繋《つな》ぐ廊下を渡った時、男の鼾《いびき》が聞こえてきた。

結衣は苦笑し、離れの障子を開けて部屋を覗《のぞ》いた。

倫太郎が、蒲団に包《くる》まって眠っていた。

「起きろ、倫太郎」

結衣は忠左衛門を真似て怒鳴った。

「はい。只今、只今」

倫太郎は慌てて飛び起きた。


顔を洗った倫太郎は、台所で朝飯を食べた。

「もう、顔を洗ったふりをして二度寝するなんて、昨夜はいつ帰って来たの」

結衣は、倫太郎に茶を差し出した。

「子《ね》の刻九つ（午前零時）頃かな……」

「そんな遅くまで、何処《どこ》で何をしていたのよ」

結衣は、五歳年上の従兄《いとこ》の倫太郎に姉のような口をきいた。

忠左衛門には嫡男がいたが、十五年前に流行《はや》り病《やまい》で死亡し、子供は娘の結衣だけとなった。忠左衛門と加代夫婦は、一人娘の結衣を可愛《かわい》がって大切に育てた。結衣は、明るい積極的な娘になった。

「春風さんや京伝さんと盛り上がってな」

倫太郎は戯作者《げさくしゃ》仲間の名をあげた。戯作者といっても、倫太郎は黄表紙を一冊書いただけに過ぎない。その一冊も余り評判にならず、売れなかった。正確にいえば、倫太郎は戯作者見習いかも知れない。

「毎晩、厭《あ》きないわねえ」

結衣は呆《あき》れた。

夏目倫太郎は、大久保忠左衛門の妹の子であり、部屋住みの三男だった。父親は百五十石取りの小普請《こぶしん》組の御家人《ごけにん》であり、嫡男と次男の二人の兄のいる倫太郎は、家を継ぐ望みもなく、戯作者として身を立てようと家を出て、母方の伯父である忠左衛門の屋敷に居候を決め込んでいた。

「それで新しい黄表紙、進んでいるの」

「そいつが、なかなか面白い話がなくてな」

倫太郎は箸を置き、吐息を洩《も》らして茶を啜《すす》った。

北町奉行所与力大久保忠左衛門の屋敷は、八丁堀御組屋敷街の一角にある。御組屋敷街は、南の八丁堀、西の楓川《もみじがわ》、東の亀島川、北の日本橋川に囲まれていた。忠左衛門の組屋敷は、日本橋川近くの南茅場町山王薬師堂傍《みなみかやばちょうさんのうやくしどうそば》にあった。

屋敷を出た倫太郎は、行く当てもなく山王薬師堂に手を合わせ、楓川に架かる海賊橋を渡った。海賊橋を渡った処《ところ》は、本材木町の通りである。

その通りを、町方の娘が思い詰めた面持ちで横切って行った。

倫太郎は怪訝《けげん》に思いつつ娘を見送った。

娘は、前を行く羽織袴《はかま》姿の若い武士を尾行している。

倫太郎は気が付いた。

若い武士は、旗本・御家人か大名家の家来のようだ。

面白そうだ……。

そう思った時、倫太郎は若い武士を尾行する町娘を追っていた。

若い武士は、日本橋の米河岸《こめがし》を抜けて大伝馬町《おおでんまちよう》の通りを両国に向かっていた。

町娘も尾行を続けている。

武士を尾行する町娘……。

倫太郎は、その取り合わせに興味を持って追った。そこには、黄表紙になる話が拾えるかも知れないという戯作者根性が潜んでいる。

若い武士は何者なのか……。

町娘は何をしようとしているのか……。

倫太郎の興味は湧き続けた。

両国広小路には見世物小屋や露店が連なり、行き交う江戸の者や諸国から来た見物客で賑《にぎ》わっていた。

若い武士と娘は、雑踏を横切って大川に架かる両国橋に向かった。

江戸を流れる隅田川は、浅草吾妻橋《あづま》から河口までの流れを〝大川〟と称された。その謂《いわ》れは、吾妻橋が〝大川橋〟とも呼ばれたからかもしれない。因《ちな》みに〝大川端《ばた》〟とは、吾妻橋から河口までの東岸を指したとされる。

両国広小路の雑踏は、若い武士と町娘の姿を飲み込んだ。

倫太郎は、雑踏に二人を見失った。

行き先は両国橋……。

倫太郎は両国橋に急いだ。だが、両国橋に二人の姿は見えなかった。

しまった……。

倫太郎は臍《ほぞ》を噛《か》み、若い武士と町娘を探した。だが、二人の姿は見えなかった。

「倫太郎さんじゃありませんかい」

雑踏から倫太郎の名が呼ばれた。振り向いた倫太郎の前に、派手な緋牡丹《ひぼたん》の絵柄の半纏《はんてん》をまとった男が現れた。

「やあ、鶴次郎《つるじろう》さんか……」

鶴次郎は、忠左衛門支配の臨時廻《りんじまわ》り同心・白縫半兵衛《しらぬいはんべえ》の手先を務めており、倫太郎と顔見知りの間柄だった。

「どうしたんです」

鶴次郎は、戯作者を志す倫太郎に親近感を抱《いだ》いていた。それは、鶴次郎が役者崩れだったからかも知れない。

「うん。町娘が羽織袴の若い侍を尾行《つけ》ていてな。面白そうだから追って来たんだが……」

倫太郎は照れ笑いを浮かべた。

「見失いましたか……」

「ああ。失敗した」

その時、雑踏がざわめき、大川に向かって大きく揺れた。

倫太郎と鶴次郎は、岸辺に寄って大川の流れを見下ろした。

羽織袴の武士が、大川の流れに浮いていた。

武士は死んでいるのか、身動きひとつせずうつ伏せで流れていた。

「あの羽織と袴……」

羽織袴は、町娘が後を尾行ていた若い武士のものと同じ色だった。

「町娘が尾行ていたって武士ですかい」

鶴次郎が眉を顰《ひそ》めた。

「羽織袴の色が同じだと思う……」

数隻の猪牙舟《ちょきぶね》が現れ、大川を流れる武士を追った。おそらく、武士の死体を引き上げようとする橋番や自身番の者たちだ。

「あっ……」

倫太郎は、思わず小さな声を洩らした。

大川を見下ろす人々の中に、武士を尾行ていた町娘がいたのだ。

「どうしました」

「例の娘がいた」

町娘は、人々の背後から怯《おび》えた面持《おもも》ちで大川を見下ろしていた。

「どうします」

鶴次郎が囁《ささや》いた。

「訊《き》いてみる」

倫太郎は、鶴次郎が止める間もなく町娘に向かった。だが一瞬早く、町娘は身を翻《ひるがえ》してその場を離れた。

倫太郎は、慌てて追い掛けようとした。鶴次郎が倫太郎を止めた。

「なんだ、鶴次郎さん」

倫太郎は、鶴次郎に怪訝な眼差《まなざ》しを向けた。

「先《ま》ずは何処の誰かですよ」

慌てて接触するより、とりあえずは身許《みもと》を突き止める。

それが鶴次郎の意見だった。

「なるほど」

倫太郎は頷《うなず》いた。

「あっしは、仏の身許を……」

鶴次郎は、武士の死体を引き上げて船着場に向かう猪牙舟を示した。

「心得た」

倫太郎は、張り切って町娘を追った。

鶴次郎は苦笑して見送り、船着場に向かった。


町娘は両国広小路の雑踏を抜け、神田川沿いの柳原通りに入った。

土手に連なる柳は、吹き抜ける風に緑の葉を大きく揺らしていた。

町娘は柳の木の傍に佇《たたず》み、弾む息を整えていた。

倫太郎は、神田川に架かる浅草御門から町娘の様子を見守った。

町娘は、風に揺れる柳の葉の向こうで息を整え、馬喰町《ばくろちょう》の通りに向かった。

倫太郎は充分な間隔を取り、町娘を尾行した。


羽織袴の武士の死体は、両国橋の橋番小屋の土間に収容された。

岡っ引の柳橋《やなぎばし》の弥平次《やへいじ》が、下っ引の幸吉《こうきち》を従えて駆け付けて死体を検《あらた》めた。

「親分……」

鶴次郎が顔を見せた。

柳橋の弥平次は、南町奉行所同心神崎和馬《かんざきかずま》から手札を貰っている老練な岡っ引だ。だが、白縫半兵衛とも親しく、鶴次郎も可愛がって貰っていた。

「おう。鶴次郎かい……」

「へい。土左衛門ですかい」

「いや。見てみな……」

弥平次は仏の脇腹を見せた。

着物が切り裂かれ、水に洗われた刺し傷が見えた。

「脇腹を刺されて大川に落ちたか、放り込まれたか……」

幸吉が仏の身体《からだ》を押した。

仏の口から水が溢れ出た。

「溺《おぼ》れ死んだのは間違いないようですね」

幸吉は、弥平次の睨《にら》みを待った。

「ああ。脇腹を刺され、泳ぐ力が出なかったのかも知れないな」

「ええ。殺しですね」

幸吉は、弥平次の睨みに頷いた。

「それで親分、幸吉っつぁん。仏さんの身許は」

鶴次郎は膝《ひざ》を乗り出した。

「そいつはこれからだ。幸吉」

「はい」

幸吉は、若い武士の持ち物を調べ始めた。

「で、鶴次郎。お前、たまたま顔を出したのかい」

「親分、北の御番所の大久保忠左衛門さまをご存じで……」

「うむ。半兵衛の旦那《だんな》の支配与力さまだろう」

「はい。その大久保さまに、夏目倫太郎さんって甥《おい》っ子がいらっしゃいましてね……」

鶴次郎は、倫太郎が興味を持った羽織袴の武士と尾行する町娘のことを話した。

「ほう、大久保さまの甥っ子さんがねえ」

「そいつが親分。倫太郎さんは御家人の三男坊で、大久保さまのお屋敷に居候している戯作者でしてね。毎日、黄表紙になる話を探し廻っているんですよ」

鶴次郎は苦笑した。

「居候の戯作者……」

弥平次は驚いた。

「はい……」

「頑固一徹と噂《うわさ》の高い大久保さまの甥御さんが黄表紙ねえ……」

弥平次は妙に感心した。

馬喰町の通りを抜けた町娘は、日本橋通りに出た。

倫太郎は尾行を続けた。

町娘は日本橋通りを南に進み、室町《むろまち》二丁目の呉服屋『丸越』の裏手に入った。

倫太郎は、町娘が入った呉服屋『丸越』の様子を窺《うかが》った。

呉服屋『丸越』は、休みなのか大戸を閉めて静まり返っていた。

町娘は呉服屋『丸越』の娘なのか、それとも奉公人なのか……。

倫太郎は、それとなく辺りの店に聞き込みを掛けた。

羽織袴の若い武士は、旗本三千石寄合席《よりあいせき》の中野将監の家来・小坂善四郎《こさかぜんしろう》だった。

弥平次は、幸吉に小坂善四郎の足取りを追うように命じた。そして、駆け付けた月番の南町奉行所定町廻り同心・神崎和馬と、小坂の住む中野将監の屋敷に向かった。

中野将監の屋敷は、築地西本願寺傍にあった。

本来、旗本御家人や諸藩藩士は目付・大目付の支配下にあり、町奉行所は手出しが出来ない。だが、小坂善四郎を殺した下手人《げしゅにん》が町方の者なら、町奉行所も黙っているわけにはいかない。

弥平次は、鶴次郎から聞いた町娘も疑えるとし、小坂善四郎の身辺を調べる必要を和馬に伝えた。

和馬は弥平次の言葉に頷き、鶴次郎を連れて中野将監の屋敷を訪れた。

鶴次郎は緋牡丹の絵柄の半纏を裏に返し、濃紺の地を表にして着ていた。

中野家では、老用人の小山田《おやまだ》伝内《でんない》が庭先で三人に応対した。

鶴次郎は、和馬と弥平次の背後に控えた。

小山田は、小坂が殺されたと知って激しく驚き、主の中野将監に報《しら》せた。

中野将監がどう指示をしたのかは分からないが、小山田は家来と中間《ちゅうげん》たちを小坂の死体の引き取りに走らせた。

「そうですか、小坂が死にましたか……」

老いた用人は、肩を落として深々と吐息を洩らした。

「御用人、小坂さんはお屋敷では、どのようなお役目に就いていたのですか」

「殿のお側役《そばやく》にござる」

小坂善四郎は、主人である中野将監の側役を務めており、その行動は用人の小山田も詳しくは知らなかった。

「町娘……」

小坂が親しくしていた町娘はいなかったかと訊いた弥平次に、小山田は眉を顰めた。

「はい。小坂さまの身辺におりませんでしたか」

弥平次が尋ねた。

鶴次郎は小山田の反応を窺った。

「おらぬが、町娘がどうかしたのか……」

小山田のしわがれ声は微《かす》かに震え、その眼は怯えを滲《にじ》ませた。

何かを隠している……。

鶴次郎の頭に小さな疑惑が浮かんだ。

「いや。まだ何も……」

和馬は言葉を濁した。

「さあて、そろそろお暇《いとま》するか」

和馬は、弥平次と鶴次郎を促した。

築地西本願寺の伽藍《がらん》は、日差しを受けて煌《きら》めいていた。

「どう思う」

和馬は、弥平次と鶴次郎に意見を求めた。

「和馬の旦那、小山田さまは何かを隠していますね」

「そうか……」

「それに親分。小山田さまは小坂さんを尾行た町娘を知っているようですね」

鶴次郎は告げた。

「ああ。私もそう見たよ」

弥平次は頷いた。

「よし。俺はこのことを秋山《あきやま》さまにお報せする」

和馬は、上役である南町奉行所与力の秋山久蔵《きゅうぞう》の指示を受けることにした。

「分かりました。あっしは小山田さまを……」

「頼む」

和馬は築地の掘割を越え、数寄屋橋《すきやばし》御門内にある南町奉行所に急いだ。

「じゃあ親分、あっしが小山田さまを見張ります」

「鶴次郎、すぐに誰かを寄越す。それまで頼むよ」

「承知しました」

弥平次は鶴次郎を残し、柳橋に戻って行った。

鶴次郎は、中野屋敷の表門が見通せる路地に潜んだ。

二

呉服屋『丸越』は、一月《ひとつき》前に騙《かた》りにあって身代《しんだい》のすべてを奪い取られ、潰《つぶ》れていた。

主の清左衛門《せいざえもん》は、妻と十八歳になる一人娘のおさよを道連れに自害をしていた。

今、店に残っているのは後片付けの老番頭と、お嬢さま付きの女中だった十九歳になるお鈴《すず》の二人だけだった。

お鈴……。

倫太郎は周辺の店を訊き廻り、呉服屋『丸越』の実態と、羽織袴の武士を尾行していた町娘の名を知った。

夕陽は日本橋川を赤く染めていた。

外濠《そとぼり》から大川に続く日本橋川には、上流から一石橋、日本橋、江戸橋、湊《みなと》橋、豊海橋が架かっている。

その江戸橋の袂《たもと》にある居酒屋『江戸春』は、魚河岸や米河岸で働く若い衆や人足たちで賑わっていた。

鶴次郎が暖簾《のれん》を潜《くぐ》った時、倫太郎は既に店の奥の衝立《ついたて》の陰に陣取っていた。

「まあ、一杯」

倫太郎は鶴次郎に猪口《ちょこ》を渡し、酒を満たした。

「こりゃあ畏《おそ》れ入ります」

「なあに、遠慮は無用だ。それで羽織袴の侍、何処の誰か分かりましたか」

「旗本中野将監さま御《ご》家中《かちゅう》の小坂善四郎って方でしたよ」

「旗本の家来……」

「ええ。脇腹を一突きされて大川に……。ま、そんなところですか」

「やっぱり殺しですか」

倫太郎は身を乗り出した。

「間違いありませんよ。それで月番の南町の神崎の旦那と、柳橋の弥平次親分が探索を始めました」

鶴次郎は、倫太郎の猪口に酒を満たし、手酌で飲んだ。

「へえー、柳橋の弥平次親分か……」

「ご存じですか」

「名前だけです。弥平次親分なら黄表紙になる話、いろいろ知っているんだろうな」

倫太郎は、羨《うらや》ましそうな面持ちで酒を飲んだ。

「で、倫太郎さんの方は……」

「突き止めたよ。娘の素性」

倫太郎は嬉《うれ》しげに胸を張り、猪口の酒を飲み干した。

「そいつは大手柄だ」

「うん。娘は室町にある丸越って呉服屋のお嬢さま付きの女中で、名前はお鈴」

「室町の丸越って、確か騙りにあって身代を失《な》くし、旦那夫婦と一人娘が一家心中した呉服屋じゃありませんか」

一月前に起こった騙り事件は、北町奉行所の月番だったが容疑者も浮かばず、お宮入りをしていた。扱ったのは定町廻り同心の松岡源太郎《まつおかげんたろう》であり、白縫半兵衛に関《かか》わりはなかった。

半兵衛に関わりがないということは、鶴次郎も気にするものではなかった。

「その通りです」

倫太郎は頷いた。

「鶴次郎さん、ひょっとしたら小坂善四郎は、丸越の騙り事件に関わりがあるんじゃあないかな。だからお鈴は後を尾行ていた」

倫太郎はそう睨んで見せた。

「尾行てどうするんですかい」

鶴次郎は首を捻《ひね》った。

「そりゃあ仇討《あだう》ちに決まっていますよ」

倫太郎は面白そうな笑みを浮かべ、思わぬことを云い出した。

「仇討ち……」

鶴次郎は驚いた。

「うん。心中に追い込まれた主夫婦とお嬢さまの恨みを晴らす。それで尾行廻した挙句に脇腹を刺して大川にどぼん。世は情け、乙女涙の忠義の仇討ち。どうだ鶴次郎さん。こいつは受けると思わないか」

倫太郎の睨みは、いつしか黄表紙の物語にふくらんでいった。

「じゃあ倫太郎さんは、小坂善四郎を殺《あや》めたのはお鈴だと……」

「うん。突き刺して蹴飛《けと》ばす。若い女にも出来る仕事だ」

「倫太郎さん、そいつは先走り過ぎですぜ」

「そうかな」

倫太郎は、猪口の酒を飲み干した。

「ええ。もしそうだと思うなら、先ずは殺された小坂さんが、丸越の騙りに関わりがあるって証《あかし》を見つけなきゃあ話になりませんよ」

「そうか……」

倫太郎は手酌で酒を注《つ》ごうとした。だが、銚子《ちょうし》は空だった。

「親父、酒を二本、頼むよ」

鶴次郎は、板場にいる店の親父に怒鳴った。

「鶴次郎さん、後一本でいいよ」

倫太郎は恥ずかしそうに告げた。

伯父である大久保忠左衛門の屋敷に居候をしている倫太郎は、酒を好きなだけ飲めるほど金にゆとりはない。

「倫太郎さん、今夜は割勘でいきましょうや」

鶴次郎は笑った。

「そうか、助かる。すまないな」

倫太郎は嬉しげな笑顔を見せ、若者らしく素直に礼を述べた。

「それで倫太郎さん、そのお鈴って女中、まだ丸越にいるんですか」

「うん。先代の時からいる番頭と二人で、店の後片付けをしているそうだ」

「そうですか……」

「おまちどお」

店の親父が、二本の銚子を運んできた。

「倫太郎さん、お互い一本ずつ。手酌でいきましょう」

「心得た」

倫太郎と鶴次郎は、酒を飲みながら小山田殺しの睨みと想像を語り合った。


呉服屋『丸越』は、夜の静けさに包まれていた。

『丸越』の主清左衛門は、騙りにあって身代を失い、借金だけが残ったのを悲観し、女房と一人娘のおさよの胸を突き刺して殺し、首を括《くく》って死んだ。

人気《ひとけ》のない店土間や母屋には、暗闇が冷たく沈んでいた。

燭台《しょくだい》の明かりは、仄《ほの》かに辺りを照らしていた。

お鈴は、お嬢さまのおさよが残した品物を片付けていた。

さまざまな人形と花簪《はなかんざし》……。

高利貸しが、金にならないと眼もくれなかった品々は、お鈴にとってお嬢さまのおさよを思い出すのに充分過ぎるものだった。

一歳年下のおさよは、お嬢さまと女中の立場を越え、お鈴を姉のように慕っていた。

お鈴は、おさよの笑顔を思い浮かべながらそれらの遺品を丁寧《ていねい》に片付けていた。

お鈴は、しだれ桜の花簪を手にとった。

草木染の淡い桃色の桜の花の連なる花簪は、おさよが一番気に入っていたものだった。

「お嬢さま、小坂善四郎は死にました……」

しだれ桜の花簪の花びらがほろりと落ちた。

「お嬢さま……」

お鈴の頬《ほお》に涙が零《こぼ》れた。


お鈴が『丸越』に残っているのは、おさよの遺品を片付ける役目もあるが、店の借金の整理をしている老番頭の由兵衛の世話をすることもあった。

先代の時からの番頭の由兵衛は、女房を病で亡くしてから『丸越』に住み込んでいた。

今も隣りの自室で背中を丸めて算盤《そろばん》を弾《はじ》き、借金の整理をしている。

由兵衛とお鈴が、『丸越』にいられるのも後五日しかない。後五日の間に何もかも整理し、借金を出来るだけ返す。それが、『丸越』で長年働いた由兵衛の最後の奉公だった。

小坂善四郎は殺される直前、遊び人風の男と両国広小路にある両国稲荷《いなり》の境内《けいだい》に入って行くのを目撃されていた。

柳橋の弥平次は、下っ引の幸吉と手先たちに両国稲荷の境内を捜索させた。

大川に面した境内の隅から血痕が発見された。おそらく小坂善四郎の血だ。そして、血の付着した賽子《さいころ》が見つかった。

小坂善四郎は、両国稲荷の境内の隅で遊び人風の男に刺され、大川に放り込まれた。遊び人風の男は、賽子を弄《もてあそ》ぶ博奕《ばくち》打ちなのかも知れない。

弥平次は、幸吉と手先たちに遊び人風の男の正体とその行方を追わせることにした。

辰の刻五つ半（午前九時）が過ぎ、大久保忠左衛門の出仕の時刻になった。

忠左衛門は、刀を捧《ささ》げ持つ老妻加代を従えて奥から玄関に出て来た。

式台には結衣と倫太郎がいた。

「伯父上、おはようございます」

倫太郎は張り切って挨拶をした。

「金などないぞ。行ってくる」

忠左衛門は、倫太郎に眼もくれずに云い放ち、下男の太吉を従えて北町奉行所に向かった。

「お気をつけて……」

「行ってらっしゃいませ」

加代と結衣が見送った。

忠左衛門の見事な先制攻撃は、倫太郎に肩を落とす暇も与えなかった。

隣りで結衣が、懸命に笑いを堪《こら》えていた。


「お金がいるの……」

結衣が、倫太郎の部屋を覗いた。

「貸してくれるか、結衣」

倫太郎は身を乗り出した。

「貸してあげてもいいけど、なんに使うの」

結衣は悪戯っぽく笑った。

「それは……」

「じゃあ貸さない」

結衣は頬をふくらませた。

「話す。教える。実はな結衣……」

倫太郎は慌てて事の次第を教えた。

結衣は、倫太郎の話に眼をきらきらと輝かせた。


呉服屋『丸越』は、往来の賑わいに暗く沈んでいた。

倫太郎は斜向《はすむ》かいの甘味処に入り、お鈴が動くのを待った。

茶を飲み、団子を食べ、また茶を飲み、汁粉を食べ……。

倫太郎は、結衣に借りた金と相談しながら時を過ごした。

店の女将《おかみ》や女客たちが、倫太郎に怪訝な眼差しを向けた。

一刻《いっとき》が過ぎた頃、倫太郎は『丸越』を窺う町方の男がいるのに気が付いた。

何だ……。

町方の男は、着物や風体《ふうてい》から見て遊び人風であった。遊び人は『丸越』の裏手への路地が見通せる処に身を潜めた。

遊び人もお鈴が動くのを待っているのかもしれない。

倫太郎は飲み食いの代金を払い、いつでも動けるように仕度《したく》を整えた。

小半刻が過ぎた。

遊び人が身を翻し、行き交う人々の陰に隠れた。

お鈴が出て来る……。

「邪魔したな」

倫太郎は甘味処を出た。

お鈴が呉服屋『丸越』の裏手から現れ、神田に向かった。

遊び人がお鈴を追った。

倫太郎は続いた。

遊び人は尾行に慣れているのか、行き交う人々の間を巧みに縫ってお鈴を追った。

見事なもんだ……。

倫太郎は感心した。

お鈴は足早に進み、遊び人も巧みに尾行た。

倫太郎は、まかれそうになりながら懸命に続いた。

神田川に出たお鈴は、昌平橋を渡って明神下《みょうじんした》通りを真《ま》っ直《す》ぐ進んだ。

このまま行けば下谷《したや》……。

倫太郎は切絵図を頭に浮かべた。

お鈴は下谷広小路を抜け、清雲寺の山門を潜った。そして、水桶《みずおけ》を持って裏手の墓地に向かった。

墓参り……。

お鈴は真新しい墓標に手を合わせた。おそらく、『丸越』の主夫婦と娘のさよの墓に違いない。

遊び人は並ぶ墓石に身を隠し、お鈴を見守っていた。

何者なのだ……。

いずれにしろ、小坂善四郎殺しと関わりがあるのに違いない。

正体を突き止めてやる……。

倫太郎は遊び人に忍び寄った。

その時、遊び人は倫太郎の気配に気付き、振り返った。

しまった……。

倫太郎は猛然と遊び人に突進した。

遊び人は素早く身を翻した。

「待て」

倫太郎は追った。だが、遊び人は、墓石を巧みに避《よ》けて逃げた。

倫太郎は墓石の土台に足を取られ、無様に転んだ。

遊び人は逃げ去った。

「くそったれ……」

倫太郎は悔しげに呟《つぶや》き、両手を突いて起き上がった。

お鈴が、驚いたように眼を丸くして見詰めていた。

これまでだ……。

「やあ……」

倫太郎は開き直り、照れ笑いを浮かべた。

不忍池《しのばずのいけ》は日差しに眩《まぶ》しく煌めいた。

「私を尾行ていた……」

お鈴は眉をひそめた。

「うん。尾行られる心当たり、あるのかな」

倫太郎はお鈴の反応を窺った。

「えっ……。いいえ、心当たりなんて……」

お鈴は戸惑いを浮かべ、慌てて首を横に振った。

「ないか……」

「……はい」

お鈴は、思い切ったように頷いた。

心当たりはある……。

倫太郎は、お鈴が否定すればするだけ確信を持った。

「あの……」

お鈴は、不安げな眼差しを倫太郎に向けた。

「なんです」

「お侍さまは……」

「ああ。私は夏目倫太郎。戯作者だ」

「戯作者……」

「うん。黄表紙のな。もっとも余り売れないので只の浪人と云った方がいいかも知れぬ」

倫太郎は苦笑した。

風が吹き抜け、不忍池の水面《みなも》に小波《さざなみ》が走った。

「ところで……」

「お鈴です」

「お鈴さんは、誰の墓参りだ」

「奉公先のお店の旦那さまとお内儀《かみ》さん。それにお嬢さまの……」

お鈴の顔に哀しみが滲んだ。

「三人、一度に亡くなられたのか」

「はい」

「何故……」

「旦那さまがあくどい騙りにあい、身代の何もかもを取られて……」

「じゃあ旦那が、お内儀さんとお嬢さんを道連れにして……」

「はい……」

お鈴は哀しげに頷いた。

「気の毒な話だな」

「はい……」

お鈴は煌めく水面を見つめ、思いつめた面持ちで頷いた。

「そのあくどい騙りには、侍も絡んでたのか」

「侍……」

お鈴は微かに狼狽《ろうばい》した。

「ああ」

「夏目さま……」

お鈴は警戒心を露《あら》わにした。

「どうだ。侍も関わっていたんだろう」

倫太郎は駄目を押した。

「知りません。御免下さい」

お鈴は素早く一礼し、小走りにその場を離れた。

「お鈴さん……」

倫太郎は追い掛けようとした。だが、再び問い質《ただ》したところで、お鈴は頑《かたく》なに口を閉じるに違いない。

倫太郎は再び問い質すより、その行動を見守ることにした。


築地の中野屋敷は静けさに包まれていた。

鶴次郎が顔を出した時、柳橋の弥平次の手先たちが監視に就いていた。

「鶴次郎……」

中野屋敷が見通せる場所に店を開いた行商の鋳《い》掛《かけ》屋《や》が声を掛けてきた。

「こりゃあ寅吉《とらきち》の兄い……」

行商の鋳掛屋は、弥平次の手先でも一番古手の寅吉だった。

「何か変わったことは……」

「殺された仏さんが墓場に運ばれたぐらいだ」

寅吉は、鍋底の穴を塞《ふさ》ぐ手を止めなかった。

「刀を抜きもせずに殺されたのは、武士としてはあるまじき死に様。まともな弔いも出して貰えず、墓地送りだそうだ。侍も辛《つら》いもんだぜ」

「そうですか……」

小坂善四郎の死は、旗本三千石中野家の体面を保つため、おそらく病死と公儀に届けられたのだろう。

「それから掘割に勇次がいる」

寅吉は、掘割の船着場を示した。

船着場には、やはり弥平次の手先を務めている船頭の勇次がいた。

寅吉と勇次は、用人の小山田伝内の動きと『丸越』の騙りに関わる者の出入りを見張っていた。

「丸越の方は……」

鶴次郎が尋ねた。

「由松《よしまつ》が行っているはずだよ」

「由松が……」

しゃぼん玉売りの由松は、弥平次の手先の中でも抜け目のない男だ。

「そうですかい……」

弥平次の手配りは万全だ。

「それから鶴次郎、親分が顔を出してくれってよ」

寅吉は弥平次の伝言を伝えた。

「はい。じゃあこれから……」

「ああ……」

鶴次郎は寅吉の店の前から離れた。

寅吉は鶴次郎がいる間、鍋底の穴の修繕の手を止めることはなかった。

鶴次郎は、弥平次の住まいである柳橋の船宿『笹舟』に急いだ。

三

お鈴は、下谷から真っ直ぐ呉服屋『丸越』に戻った。

倫太郎は、再び斜向かいの甘味処の暖簾を潜った。

昼下がりの甘味処に客はいなかった。

「あら……」

店の女将は驚いた。

「やあ……」

倫太郎は照れ笑いをして茶を頼み、『丸越』の見通せる席に座った。

女将が茶を持って来た。

「あの、お侍さん、何をしているんですか」

女将は、怪訝な眼差しを倫太郎に向けた。

日に二度も甘味処に来る男は滅多にいない。

女将が怪訝に思うのも無理はない。

倫太郎は苦笑した。

「女将さん、あそこの丸越、騙りにあって潰れたと聞いたが、いきさつ詳しく知っているかな」

「お侍さん、町方の旦那ですか……」

女将は眉を顰め、警戒心を見せた。

「違う、違う」

倫太郎は慌てて否定した。

「でも……」

「俺は戯作者でな。黄表紙にならないかと思って、ちょいと調べているんだ」

「黄表紙……」

女将は眼を丸くした。

「うん。『不知火《しらぬい》弁慶豪傑譚』、読んだことはないか」

倫太郎は、只一冊出している己の黄表紙の題名を告げた。

「ないわ。そんなの……」

女将は一蹴《いっしゅう》した。

「そうか……」

倫太郎は肩を落とした。だが、すぐに立ち直った。

「それで丸越の騙りだが、どうだ詳しく知っているか」

「そりゃあご近所さんですからね。噂、いろいろ聞いていますけど……」

「教えてくれ」

倫太郎は女将に頼んだ。

神田川は両国で大川と合流している。その神田川に架かる最後の橋が柳橋である。弥平次夫婦の営む船宿『笹舟』は、その柳橋を渡った処にあった。

「両国稲荷で……」

鶴次郎は、小坂善四郎が刺された現場を知った。

「ああ。小坂さん、博奕打ちのような奴と両国稲荷に入って行ったそうだ」

弥平次は、小坂を刺して大川に落としたのを博奕打ちだと睨んでいた。

「それで、博奕打ちは……」

「うん。幸吉や雲海坊《うんかいぼう》たちが探している」

「じゃあ親分。小坂さん殺しは、丸越の騙りと関わりないんですか」

鶴次郎は眉を顰めた。

「そいつはまだ何とも云えないな」

弥平次は煙草《たばこ》の煙りを吐き出し、煙管《きせる》を煙草盆に鳴らした。

「お父っつぁん……」

弥平次夫婦の養女のお糸《いと》が、廊下から声を掛けてきた。

「どうした」

「由松さんがお見えです」

「入って貰いな」

「お邪魔します。こりゃあ鶴次郎の兄い」

手先を務めるしゃぼん玉売りの由松が、いつもとは違って遊び人の身なりで入って来た。

「丸越のお鈴、どうかしたのか」

「それが親分。出掛けたので後を尾行たんです。そうしたら、下谷の寺に墓参りに行きましてね」

「誰の墓参りだい」

「そいつを確かめようとしたら、妙な侍が現れまして……」

「妙な侍……」

「ええ。浪人のような若い侍なんですが、いきなりあっしに向かって来ましてね」

「それでどうした」

「どんな侍か分からないので、とりあえず逃げました」

「それでいい」

弥平次は、配下の者たちが怪我をするのを嫌った。

「ってことは由松。その若い侍もお鈴を尾行ていたのかな」

鶴次郎は訊いた。

「きっと。その後、侍とお鈴、不忍池の畔《ほとり》で話をしておりましてね。それからお鈴が丸越に帰り、若い侍が追って行き、斜向かいの甘味処で見張り始めました」

倫太郎だ……。

鶴次郎は思わず苦笑した。

「じゃあ若い侍、今もお鈴を見張っているのかい」

弥平次が僅《わず》かに緊張した。

「はい。何者でしょうかね」

「親分、由松。その若い侍は、きっと夏目倫太郎さんですよ」

鶴次郎が告げた。

「夏目倫太郎さん……」

由松は眉を顰めた。

「北の御番所の大久保さまの甥御さんか」

「はい。間違いないでしょう」

「親分、今月は南の月番。北の御番所の大久保さまがどうして……」

「由松、倫太郎さんは大久保さまの命令で動いているんじゃあない。戯作者として黄表紙にならないかと思って調べているんだよ」

「戯作者……」

「ああ。何でも今までに『不知火弁慶豪傑譚』とかいう黄表紙を一冊書いたそうだ」

「ああ。そいつは読みましたよ。いやあ、面白かった。そうですかい、あの黄表紙を書いた戯作者ですか……」

由松は妙に感心した。

思わぬところに倫太郎の愛読者がいた。

鶴次郎は笑った。


お鈴に動きはなかった。

倫太郎は、甘味処の店内から『丸越』を見張りながら女将の話を聞いた。

一月前、呉服屋『丸越』は、御贔屓筋《ごひいきすじ》の大身《たいしん》旗本の紹介で知り合った絹問屋から絹物を安く譲り受ける約束をして大金を渡した。だが、約束は守られず、『丸越』は身代の殆《ほと》んどを失った。

騙り……。

『丸越』の主の清左衛門は、慌てて絹問屋を紹介してくれた大身旗本を訪れた。だが、大身旗本は何も知らないと突っぱねた。窮地に陥った清左衛門は、知り合いや金貸しから金を借りた。だが、商いは上手《うま》くいかず、清左衛門は老妻と娘のおさよを道連れに心中したのだ。

「口を利いた大身旗本、何処の誰か知っているか」

「さあ、そこまでは……」

女将は首を横に振った。

大身旗本は、おそらく中野将監なのだ。そして、殺された家来の小坂善四郎は、どのような役割りだったのか。

「女将さん、小坂善四郎って名の旗本の家来、知っているか」

「小坂善四郎さん……」

「うん。まだ若い男だ」

「ひょっとしたら、お嬢さんを騙《だま》したって侍かも知れない」

女将は首を捻った。

「お嬢さんを騙した」

倫太郎は女将の言葉に驚いた。

「ええ。お嬢さんのおさよさん、御贔屓筋の大身旗本の家来と好い仲になりましてね。でも、それも丸越の旦那を信用させるための方便だったそうでしてね。丸越の身代がなくなった途端にお仕舞いになった。早い話が、お嬢さんも騙されたんですよ」

「それで、親子心中か……」

「ええ。噂ではね。ま、話半分だとしても酷《ひど》い話ですよ」

女将は、『丸越』の主夫婦と娘に同情した。

お嬢さんのおさよは、中野将監の家来である小坂善四郎と好い仲になった。だが、それは、騙されたおさよの哀しみは、想像に余りある。お鈴はお嬢さま付きの女中として、おさよの哀しみを目の当《ま》たりにした。そして、おさよの恨みを晴らそうと、小坂善四郎を尾行ていたのだ。

『丸越』を騙りに嵌《は》める手立ての一つに過ぎなかった。

あの日、お鈴は小坂善四郎を殺し、おさよの恨みを晴らした。

倫太郎は思いを巡らせた。

どうする……。

倫太郎は困惑した。

お鈴を小坂殺しの下手人として町奉行所に突き出すべきかどうか、迷い困惑した。

殺された小坂善四郎は、『丸越』を騙りに嵌めた一味の一人に違いない。お鈴は、その小坂に騙されて哀しく命を絶ったおさよの仇を討った。

悪いのは殺された小坂善四郎なのだ……。

お鈴は、若い女の身でありながら主人の恨みを晴らした忠義の烈婦だ。

町奉行所に突き出すより、むしろ護《まも》ってやるべきなのかも知れない。

倫太郎は迷い、思い悩んだ。


築地の中野屋敷は、主の将監が無役のせいか訪れる者も少なかった。

鋳掛屋の寅吉と船頭の勇次の見張りは、何事もなく続いていた。

頭巾《ずきん》を被った初老の武士が、中間を従えて中野屋敷から出て来た。

頭巾を被った初老の武士は、用人の小山田伝内だった。

寅吉は修繕していた釜《かま》の底を叩いた。

甲高い音が響いた。

船着場にいた勇次が、猪牙舟をいつでも出せるようにして小山田たちを窺った。

小山田は中間を従え、船着場にやって来た。そして、繋いであった屋根船に乗り、障子の内に入った。中間が屋根船の櫓《ろ》を握り、舳先《へさき》を江戸湊《えどみなと》に向けて掘割を進んだ。

勇次は猪牙舟を操り、静かに追った。

寅吉は見送り、釜の底の修繕を再び始めた。

あいつだ……。

お鈴を尾行た遊び人が、呉服屋『丸越』の前に現れた。

捕まえて、お鈴を見張る理由を吐かせてやる……。

倫太郎は甘味処を出て、行き交う人々に紛れて遊び人に忍び寄った。そして、背後から押さえようとした時、遊び人が振り返った。

倫太郎は思わず身構えた。

「やあ……」

遊び人は笑った。敵意のない笑みだった。

倫太郎は戸惑った。

「倫太郎さん」

鶴次郎が現れた。

「鶴次郎さん」

倫太郎は戸惑いは困惑になった。

「ま、こちらに……」

鶴次郎は、『丸越』の近くの蕎麦屋《そば》に倫太郎を案内した。

遊び人が、笑みを浮かべて続いた。


蕎麦屋の二階の座敷には、穏やかな眼をした初老の男が待っていた。

「どうぞ」

鶴次郎は、倫太郎を上座《かみざ》に座らせた。

倫太郎は、困惑しながらも鶴次郎に従った。

付いて来た遊び人が、窓辺に座って『丸越』の見張りを始めた。

手馴《てな》れている……。

倫太郎は戸惑った。

「倫太郎さん、こちらは柳橋の弥平次親分です」

鶴次郎が初老の男を紹介した。

「弥平次親分……」

倫太郎は驚いた。

「お初にお目に掛かります。柳橋の弥平次です」

弥平次は丁寧に挨拶をした。

「俺、いや、私は夏目倫太郎です」

倫太郎は慌てた。

「それからこっちは、弥平次親分の手先を務めているしゃぼん玉売りの由松です」

鶴次郎は、窓辺にいる由松を紹介した。

遊び人は、弥平次の手先を務める男だった。

「由松です」

由松は、窓から呉服屋『丸越』を見張りながら倫太郎に頭を下げた。

「そうだったのか……」

「『不知火弁慶豪傑譚』、面白く読ませて貰いましたぜ」

由松は親しげな笑みを浮かべた。

倫太郎は、身体の強張《こわば》りが一気に解けるのを感じた。


中野家用人小山田伝内を乗せた屋根船は、江戸湊に出て北に向かった。

勇次は一定の間隔を保って追った。

屋根船は佃島《つくだじま》の渡し場を横切り、左岸にある波除《なみよけ》稲荷の角を亀島川に入った。

亀島川を進んだ屋根船は、日本橋川を横切って箱崎から三つ俣を抜けて大川・新大橋に出た。

新大橋を潜った屋根船は、大川を斜めに遡《さかのぼ》った。

行き先は本所……。

勇次はそう読み、猪牙舟を操って大川を一気に横切った。小山田の乗った屋根船は本所竪《たて》川《かわ》に曲がった。勇次は追った。

竪川に入った屋根船は、二つ目之橋の船着場に着いた。勇次は、猪牙舟を素早く廻り込ませた。

屋根船から降りた小山田は、中間を供にして竪川沿いの道を東に進んだ。

勇次は尾行た。

小山田は中間に案内され、竪川沿い緑町二丁目にある仕舞屋《しもたや》に入った。

勇次は見届けた。そして、小山田の入った仕舞屋がどのような家なのか、周辺に聞き込みを掛けた。

「勇次じゃあねえか……」

聞きなれた声が、勇次を呼び止めた。

「兄貴、和馬の旦那……」

下っ引の幸吉と神崎和馬がいた。

勇次は駆け寄った。

「何をしているんだ」

「はい。築地の中野屋敷から用人を尾行て来たんですが、兄貴は」

「小坂善四郎さんと両国稲荷に入っていった博奕打ちを探しているんだ」

幸吉は、南町定廻り同心神崎和馬や手先の雲海坊、夜鳴蕎麦屋の長吉たちと博奕打ちを両国一帯に探していた。だが、それらしい博奕打ちは浮かんでいなかった。

両国と本所は、大川に架かる両国橋で繋がっている。両国を調べあぐねた和馬と幸吉は、本所にまで探索の範囲を広げたのだ。

「それで、用人の小山田はどうした」

和馬が尋ねた。

「へい。あそこの仕舞屋に入ったままです」

勇次は、小山田の入った仕舞屋を示した。

「聞き込みに廻っている間に帰ったってことはないだろうな」

「そいつはもう。船着場に乗ってきた屋根船がありますんで……」

「で、小山田が入った仕舞屋、どんな家なんだ」

和馬は、小山田の入った仕舞屋を眺めながら尋ねた。

「それが、金貸しの喜十《きじゆう》って野郎の家でしてね。取り立て屋の男たちがごろごろしているそうですよ」

「金貸しの喜十か……」

和馬が呟いた。

「小山田さま、金貸しに何の用があるんですかね」

幸吉が首を捻った。

「勇次、喜十のところには胡散臭《うさんくさ》い取り立て屋がいるんだな」

「はい。徒党を組んで取り立てに行き、暇な時は酒に博奕。近所の鼻つまみです」

「博奕なあ……」

「和馬の旦那、小坂さんを両国稲荷に連れ込んだ博奕打ち、関わりないですかね」

幸吉が眼を輝かせた。

人相風体のはっきりしない博奕打ち探しに苦労している幸吉は、藁《わら》にも縋《すが》る思いだった。

「よし。金貸し喜十と取り立て屋を詳しく調べてみるか……」

和馬は頷いた。

「はい。良くやったぜ、勇次」

幸吉は勇次を労《ねぎら》った。

和馬は金貸し喜十の身許を調べに自身番に向かい、幸吉は辺りの聞き込みに走った。

呉服屋『丸越』は西日を受け、赤く染まっていた。

「小坂善四郎、両国稲荷で博奕打ちに殺《や》られたかも知れないのですか」

倫太郎は驚いた。

「ええ。おそらく間違いないでしょう」

「では、丸越のお鈴は……」

「小坂さんの後は尾行ていたが、手に掛けちゃあいないでしょう」

弥平次は微笑《ほほえ》んだ。

「そうですか……」

お鈴は小坂を殺めていなかった……。

倫太郎は、弥平次の言葉に少なからず安心した。

「それで倫太郎さんの方は、何か分かりましたか」

鶴次郎が促した。

「それなんだが、丸越の主、御贔屓の大身旗本の口利きで逢《あ》った絹問屋に騙されたそうだ」

「大身旗本ですか……」

弥平次の穏やかな眼差しが、厳しいものに一変した。

「まさか、築地の中野将監……」

鶴次郎が眉を顰めた。

「そいつはまだ分からないが……。それから殺された小坂善四郎、丸越の一人娘のおさよと好い仲だったそうだ」

「一人娘って両親と心中した……」

「うん」

「ひょっとしたら、丸越の旦那を騙すために好い仲になったんじゃあ」

「きっと……」

倫太郎は悔しげに頷いた。

「酷い話だ」

鶴次郎の顔に怒りが浮かんだ。

「それでお鈴、小坂善四郎さんを尾行ていたのですね」

弥平次はお鈴の行動を読んだ。

「お鈴は、お嬢さんの恨みを晴らそうとしていた。俺はそう思います」

倫太郎の顔が哀しげに歪《ゆが》んだ。

「でしたら倫太郎さん。お鈴、小坂さんを殺めた下手人を見ているかも知れませんね」

「親分……」

倫太郎は、弥平次の鋭い読みに虚をつかれた。

「だったらすぐに」

倫太郎は腰を浮かせた。

「早まっちゃあなりません。今しばらく様子を見てからにしましょう」

弥平次は笑った。

倫太郎は頷くしかなかった。

四

日が暮れた。

本所竪川の流れは、月明かりに煌めいていた。

小山田伝内と中間が、喜十らしい初老の男に見送られて仕舞屋から出て来た。

小山田と中間は、提灯《ちょうちん》を手にした喜十配下の若い衆の先導で船着場に向かった。

喜十らしき初老の男は小山田たちを見送り、鋭い眼差しで辺りを窺って仕舞屋に戻った。

幸吉と托鉢《たくはつ》坊主の雲海坊が、暗がりから現れた。

雲海坊は偽坊主であり、弥平次の手先の一人だ。

「野郎が金貸しの喜十だな」

雲海坊が幸吉に囁いた。

「ああ。雲海坊、野郎から眼を離すなよ」

幸吉の声には緊張が含まれていた。


小山田を乗せた屋根船は、竪川を大川に向かっていた。

勇次の猪牙舟の舳先は、月明かりに煌めく流れを静かに切り裂いた。

大川にはさまざまな船が行き交っていた。

屋根船は大川の流れに乗って下った。

築地の中野屋敷に戻る……。

勇次はそう見極めた。

夜の大川の流れは、月明かりを浴びて静かに続いた。

喜十は、酒に濡《ぬ》れた口を手の甲で拭《ぬぐ》った。

「それで旦那、小山田さまは何しに……」

取り立て屋の辰次《たつじ》は、狡猾《こうかつ》そうに喜十を窺った。

「我々は騙りに何の関わりもねえと、念を押しにきやがった」

「御丁寧なこった」

「ああ。今時の旗本なんか気の小せえもんだぜ」

喜十は嘲笑《あざわら》った。

「それで、町奉行所は動き始めたんですかい」

辰次は、喜十の猪口に酒を満たした。

「ああ、小坂殺しで、中野さまの屋敷に来たそうだ」

「じゃあ騙りは……」

「関わりがあるとは思っちゃあいまい」

「でしたらいいんですが……」

辰次は手酌で酒を飲んだ。

「おさよの墓参りが高じて、いつ町奉行所に駆け込むか分かりゃあしねえ。口を封じる頃合よ」

喜十は酒を呷《あお》った。

「川越の八兵衛は大丈夫なんでしょうね」

「ああ。当分、江戸に来ちゃあならねえと、若い者を走らせるさ」

「それがいいですね……」

辰次は頷いた。

「ま。丸越の清左衛門を騙した絹問屋の旦那が誰か分からない限り、騙りはどうしようもあるまい」

「へい。それにしても、脇腹を抉《えぐ》った小坂の野郎が土左衛門で浮かんだのには驚きましたぜ」

辰次は苦笑した。

「きっと死に切れなくてもがいている内に大川に落ちたんだろう。何処までも運のねえ野郎だぜ」

「まったくで……」

喜十と辰次は、嘲《あざけ》りを浮かべて猪口の酒を飲み干した。

小半刻後、仕舞屋から旅姿の若い男が小走りに出掛けて行った。

「幸吉っつぁん……」

暗がりに潜んで見張っていた雲海坊が、筵《むしろ》を被って寝ていた幸吉を起こした。

「どうした」

「若いのが旅支度で出掛けたぜ」

「旅支度……」

幸吉は眉を顰めた。

「追って見る」

「ああ。こいつを持っていけ」

幸吉は巾着袋《きんちやく》から二分金を出し、雲海坊に渡した。幸吉と雲海坊たち手先は、親分の弥平次から探索費用としての金をいつも預けられている。だが、急に旅に出る想定をしてはいない。幸吉はそれを心配し、自分の分の金を雲海坊に渡した。

「助かるぜ」

雲海坊は二分金を握り締め、薄汚れた衣を翻して若い男を追った。

錫杖《しゃくじょう》の鐶《かん》が夜の闇に鳴って消えた。


呉服屋『丸越』から立ち退く日が三日後に迫った。

お鈴はおさよの遺品を整理し、店の掃除を始めた。

借金の形《かた》に押さえられた店が、これからどうなるか分からない。

居抜きで誰かが買うのか、それとも潰して更地にするのか分からない。だが、お鈴は十二歳の時から奉公して暮らした『丸越』を綺麗《きれい》にしてやりたかった。

「お鈴……」

老番頭の由兵衛が、朝飯の箸を置いて茶を啜った。

一月前までは奉公人たちで溢れていた台所は、残っているお鈴と由兵衛二人には広過ぎた。

「はい……」

「私の方も今日で終わるが、どうする」

「どうするって……」

「私は明日、出て行くが、お鈴はどうする」

「それは……」

お鈴は口ごもった。

「お鈴の二親はもう亡くなっていたね」

「はい。子供の頃に……」

「確か兄さんがいたね」

「牛込で左官職人をしています」

たった一人の兄妹である兄は既に所帯を持ち、女房と三人の子供との貧乏暮らしに追われている。

「とりあえず、そこに行くのかい」

「はい……」

お鈴は頷いた。

「そうか……」

「番頭さんは……」

「うん。今更、子供たちの処に行くのも億劫《おっくう》だから、湯島の家に戻って一人で暮らすよ」

由兵衛は淋《さび》しげに茶を啜った。

「そうですか……」

お鈴は、兄の処に行く気はなかった。貧乏所帯に転がり込んだところで、迷惑を掛けるだけだ。何もかもが終われば、とりあえず行く処は決まっている。そして、そこで最後の行き先が決まる。

地獄か極楽、何処に行くのだろう……。

お鈴は己の行き先が分からなかった。

「お鈴……」

「はい」

お鈴は由兵衛の声に我に返った。

「もし良かったら、いつでも私の処に来るがいい」

「番頭さん……」

「あれだけいた奉公人も、最後は私とお鈴だけになっちまった……」

由兵衛は広い台所を見廻し、眩しそうに眼を細めた。

磨き込まれた台所の床は、窓から差し込む朝陽に哀しいほどに輝いていた。

お鈴は零れそうになる涙を隠すように、茶碗に残った御飯を食べた。


倫太郎は、蕎麦屋の二階で眼を覚ました。

窓辺には鶴次郎がおり、呉服屋『丸越』を見張っていた。

蕎麦屋の二階は、柳橋の弥平次が見張り場所として借り上げていた。

倫太郎は鶴次郎、由松と交代で『丸越』を見張った。

「どうです」

「はい。お鈴、さっき表の掃除をしていましたよ」

「掃除ですか……」

「ええ」

「潰れた店の表の掃除。どんな気持ちなんでしょうね」

倫太郎はお鈴の気持ちに思いを馳《は》せた。

「立つ鳥後を濁さずか、あるいは長年奉公した店に愛着があるのか。どっちにしろ偉いものですよ」

鶴次郎は感心してみせた。

「朝飯ですぜ」

由松と蕎麦屋の親父が、湯気のたつ飯と味噌汁を持って来た。味噌汁の香りは、倫太郎の腹の虫を鳴かせた。

由兵衛が自分の部屋に引き取り、最後の仕事を始めた。

お鈴は朝御飯の後片付けをし、台所の床を拭《ふ》いた。

お鈴の顔が、黒光りする床にぼんやりと映った。床に映ったお鈴の顔が歪み、水滴が落ちて濡れた。

水滴はお鈴の涙だった。

お鈴は床に落ちた涙を拭いた。だが、床に映る自分の顔に落ちる涙は、拭いても止まることはなかった。

お鈴は泣きながら床を拭き続けた。


金貸し喜十の評判は良くなかった。

南町奉行所定廻り同心の神崎和馬は、金貸し喜十の身辺を洗い出して来た。

金貸し喜十は、金を貸す他にもさまざまな商売の口利きをしていた。だが、その実態は喜十自身の利ざや稼ぎであり、騙りまがいのこともしていた。

「丸越にもおためごかしに口を利いて、騙したのかもしれないぜ」

和馬はそう睨んだ。

「叩けば叩くほど、埃《ほこり》が舞い上がりますか」

「きっとな……」

和馬は頷いた。

その時、喜十の家から遊び人風の男が出て来た。

「野郎……」

幸吉は思わず身を潜めた。

遊び人風の男は、油断なく辺りを見廻して竪川沿いの道を大川に向かった。

「知っている野郎か」

「はい。取り立て屋の辰次って野郎です」

「取り立て屋……」

「ええ。病人の蒲団まで引き剝がすって、絵に描いたようなあくどい取り立て屋でしてね。野郎、喜十の処にいたとは……」

「どうする」

「ちょいと追ってみていいですか」

「うん。喜十は引き受けた」

「それじゃあ御免なすって」

幸吉は和馬を残し、辰次を追った。


呉服屋『丸越』の裏手から、お鈴が風呂敷包みを担いで出て来た。

「倫太郎さん、お鈴が出掛けますよ」

窓辺にいた由松が告げた。

「よし。追ってみる」

倫太郎が、蕎麦屋の階段を駆け下りた。

「由松、俺も行ってくるよ」

鶴次郎が立ち上がった。

「へい。それがよさそうですね」

由松が苦笑した。

鶴次郎は、倫太郎を追って出て行った。


お鈴は神田川に架かる昌平橋を渡り、明神下の通りを下谷に向かった。

清雲寺に行くのか……。

倫太郎は尾行した。

お鈴は、倫太郎の読みどおり下谷清雲寺の山門を潜った。


着物や簪、そして子供の頃から大事にしていた人形……。

お鈴は風呂敷包みを解《ほど》き、清雲寺の住職におさよの遺品を見せた。

「和尚《おしょう》さま、これはお嬢さまが大切にしていた品物です。どうかお焚上《たきあげ》して下さい。お願いします」

お鈴は、おさよが大切にしていた遺品を誰にも渡したくなかった。かといって棄てたり、自分が貰うわけにもいかない。

「よろしい。お焚上しよう」

住職は、お鈴の忠義な心を汲《く》んでくれた。

「ありがとうございます」

お鈴は深々と頭を下げた。

これで、十二歳の時から一緒に暮らしてきたおさよの思い出は、しだれ桜の花簪だけになった。


住職の読経《どきょう》の中で、燃え上がる炎はおさよの遺品を焼き尽くした。

お鈴は、手を合わせておさよの遺品との別れを惜しんだ。

お焚上か……。

倫太郎は、境内の隅からお焚上を見守った。

お焚上を終えたお鈴は、住職に礼を述べて清雲寺を後にした。

倫太郎は、充分に距離を取って尾行した。

お鈴は、寺の塀が続く通りを戻り始めた。

行く手から遊び人風の男がやって来た。

お鈴がいきなり立ち止まった。

倫太郎は咄嗟《とっさ》に塀の陰に隠れた。

やって来た遊び人風の男は、立ち止まっているお鈴を怪訝そうに一瞥《いちべつ》して擦《す》れ違った。取り立て屋の辰次だった。

お鈴は振り返り、呆然《ぼうぜん》とした面持ちで辰次を見送った。

どうした……。

倫太郎に疑問が湧いた。

幸吉が現れ、立ち尽くすお鈴の傍を辰次を追って行った。

倫太郎は塀の陰で二人を見送った。

お鈴は怯えたように身を縮め、小走りにその場を離れた。

倫太郎は慌ててお鈴を追った。

幸吉は辰次を追っていた。

「幸吉っつぁん」

倫太郎を追って来た鶴次郎が、幸吉の背後に現れた。

「おお、鶴次郎さん」

「誰ですかい」

鶴次郎は、歩きながら前を行く辰次を示した。

「取り立て屋の辰次。丸越の騙りに関わりのある金貸し喜十の息の掛かっている野郎だ」

「やっぱりね」

鶴次郎は頷いた。

「どうした」

幸吉は眉を顰めた。

「さっき野郎が擦れ違った娘、丸越のお嬢さん付きの女中でしてね。殺された小坂善四郎を尾行ていたお鈴です」

鶴次郎は、お鈴と倫太郎を見守っていて幸吉が辰次を追っているのを知った。

「なんだって……」

「そのお鈴が、驚いたように立ち止まって野郎を見送った。野郎、小坂善四郎殺しに関わりがあるかも知れません」

「うん……」

「一緒に追っていいかな」

「大助かりだ」

幸吉と鶴次郎は、足早に行く辰次を追った。


お鈴は明神下の通りを戻り、昌平橋に向かった。

呉服屋『丸越』に帰るつもりだ。

倫太郎はそう睨んだ。

お鈴が、下谷で呆然と見送った男は何者だったのか……。

お鈴は呆然と見送った後、怯えたように身を縮めた。そして、男はお鈴を怪訝な面持ちで一瞥しただけで通り過ぎた。

お鈴は男を知っているが、男はお鈴を知らないのだ。

お鈴の怯えた顔は、以前にも何処かで見た覚えがあった。

何処でだ……。

倫太郎は思い出した。

小坂善四郎が死体で大川に浮かんだ時、両国橋の袂で見ていたお鈴の顔を思い出した。

あの時と同じように怯えていた……。

倫太郎は気が付いた。

擦れ違った遊び人風の男は、小坂善四郎殺しに関わりがあるのだ。いや、あの遊び人こそが、柳橋の親分が云っていた下手人の博奕打ちなのかも知れない。

次の瞬間、倫太郎はお鈴に追い縋り、その前に立ち塞がった。

「お鈴さん」

お鈴は、昌平橋の袂で怪訝そうに立ち止まった。

「夏目さま……」

「お鈴さん。あんた、両国稲荷で小坂善四郎を刺した男を見ましたね」

お鈴は、突き上げられたように倫太郎の顔を見た。

やはりお鈴は見ている……。

倫太郎は確信した。

「それで、その男はさっき下谷で擦れ違った奴だね」

「夏目さま……」

お鈴は顔を大きく歪め、崩れるように橋の袂にしゃがみ込んだ。

「私が……。私が小坂善四郎を殺しました」

お鈴は吐き出すように告げた。

倫太郎は戸惑った。

「町奉行所に連れて行って下さい……」

「お鈴さん、小坂善四郎を殺めたのは、さっきの奴だろう」

倫太郎の戸惑いが募った。

「違います。あの男は、小坂善四郎を匕首《あいくち》で刺しただけなんです。刺されて苦しむ小坂を助けるふりをして、大川に突き落としたのは私なんです」

お鈴は覚悟を決めたか、昂《たかぶ》りも哀しみも見せず淡々と告白した。

倫太郎は言葉を失った。

脇腹を刺されて苦しんでいる小坂を大川に突き落とした。

「あの時、すぐにお医者さまに診《み》せれば、小坂は助かったかも知れない。でも……」

お鈴は、神田川の流れを見つめた。

神田川の流れは、日差しに眩しく煌めいていた。

「でも、私はお嬢さまに近付き、旦那さまを信用させて騙した小坂善四郎が許せなかった。小坂善四郎にそうさせた旗本の中野さまも殺してやりたい……」

お鈴の声は憎しみに溢れていた。

「小坂善四郎は、主の中野将監の命令でお嬢さんに近付き、丸越の旦那を騙したのか」

「出入りの絹問屋を紹介して……」

「そいつが騙り者だったのか」

「ええ。納めるはずの呉服屋が潰れて浮いた絹織物がある。それを安く譲ると云われて」

「代金を払ったが、品物は来なかった……」

お鈴は頷き、すすり泣いた。

見事なまでに安易な騙りだった。

『丸越』の清左衛門が易々《やすやす》と引っ掛かったのは、旗本三千石の中野将監の口利きだったからだ。

旗本三千石中野将監……。

倫太郎の呟きには、云い知れぬ怒りが含まれていた。

五

江戸から十三里。川越藩の城下町は静かな佇まいだった。

本所の喜十の家を出た若い男は、板橋の旅籠《はたご》に泊まって早立ちした。そして、一気に川越に入り、城下外れの家を訪れた。

雲海坊は見届けた。

若い男の入った家には、大店《おおだな》の旦那風の初老の男が娘のような若い女と暮らしていた。

雲海坊は、辺りに聞き込みを掛けた。

初老の男の名は八兵衛。若い女は妾《めかけ》のおこん。そして、八兵衛は時々江戸に出掛けていた。

八兵衛は、『丸越』を騙した絹問屋の旦那を演じた男かも知れない。

雲海坊の直感がそう囁いた。

喜十の手下と思われる若い男は、一刻ほど八兵衛の家で過ごして江戸に向かった。

途中で締め上げてやる……。

雲海坊は、そう決意して再び若い男を追った。


お鈴は、疲れ果てたように呉服屋の『丸越』に帰って来た。

由松は、蕎麦屋の二階から見届けた。

お鈴は帰って来たが、後を追った倫太郎と鶴次郎は戻って来なかった。

事件は動いている……。

由松はそう感じた。

北町奉行所は外濠呉服橋御門内にある。

濠を吹き抜ける春風は、倫太郎の鬢《びん》のほつれ毛を心地良く揺らした。

「やあ……」

北町奉行所臨時廻り同心白縫半兵衛が、呉服橋を渡って来た。

「すみません、お役目中に呼び出したりして……」

倫太郎は詫《わ》びた。

「倫太郎さんの伯父上に見つからなきゃあ暇なもんですよ」

「すみません」

「なあに、倫太郎さんが謝る筋合いじゃあない」

半兵衛は苦笑した。

白縫半兵衛は、〝世の中には、私たち町方同心が知らん顔をした方が良いことある〟と嘯《うそぶ》く人情味溢れる同心だった。

「鶴次郎と大川に浮かんだ仏の事件、追っているんですってね」

「それなんですが半兵衛さん……」

倫太郎は、小坂善四郎殺しと『丸越』の騙りの一件の顚末《てんまつ》を話し、お鈴の始末を相談した。

月番の南町奉行所に突き出すか、それとも眼を瞑《つぶ》って見逃すか……。

半兵衛は苦笑した。

「倫太郎さん、私に見逃してやれと云って貰いたいのなら大間違いです」

「半兵衛さん……」

半兵衛の睨みは図星だった。だが、半兵衛は見逃せとは云わなかった。

「お鈴をどうするかは、倫太郎さんが自分で決めることです」

「私が……」

「ええ。その覚悟がない限り、他人の生き方に首を突っ込んじゃあいけません」

半兵衛の厳しい言葉の通りだ。

倫太郎は項垂《うなだ》れた。

外濠に春風が吹き抜け、水面に小波が走った。


谷中《やなか》浄空寺の賭場は男たちの熱気で溢れていた。

取り立て屋の辰次は、盆茣蓙《ござ》の前に陣取り駒を張り続けていた。

鶴次郎は賭場を出た。

「こっちだ」

浄空寺の崩れ掛けた土塀の陰に幸吉がいた。

「どうだった」

「博奕に夢中だぜ」

鶴次郎の眼に蔑《さげす》みが滲んだ。

辰次はあれから谷中浄空寺の賭場に入り、博奕にうつつを抜かしている。

「小坂殺しの両国稲荷に落ちていた賽《さい》の目《め》、やはり辰次のものかも知れないな」

「ああ。その時、お鈴は辰次を見たのに違いないぜ」

鶴次郎は睨んだ。

「だから今日擦れ違った時、驚いて立ち止まり、見送ったのかい」

「違うかな」

「いや、きっとそうだ。さあて、どうする」

「お鈴に面通しをさせるしかないが……」

辰次が小坂善四郎殺しの下手人だと証明するには、お鈴の証言が必要だ。

おそらく、お鈴は呉服屋『丸越』に戻り、倫太郎は蕎麦屋の二階で見張りをしているはずだ。

鶴次郎は倫太郎の顔を思い出した。

「よし。ちょいとお鈴の様子をみてくるよ」

「頼む」

鶴次郎は幸吉を残し、夜道を日本橋室町に急いだ。


呉服屋『丸越』は、夜の暗がりに沈んでいた。

倫太郎は、蕎麦屋の二階の窓から『丸越』を見守っていた。

「……刺されて苦しむ小坂を助けるふりをして、大川に突き落としたのは私なんです……」

小坂を死に追い込んだというお鈴の告白が、倫太郎の脳裏に木霊《こだま》していた。だが、倫太郎はお鈴を小坂殺しの下手人にしたくなかった。

どうしたらいいんだ……。

倫太郎は頭を抱えた。

「倫太郎さん、鶴次郎さんが戻りました」

由松が、鶴次郎と一緒に入って来た。

「倫太郎さん、小坂善四郎を刺した下手人が浮かびましたぜ」

鶴次郎は意気込んだ。

「下谷でお鈴が擦れ違った奴ですか」

「はい。良くご存じで……」

「お鈴が話してくれました」

「じゃあ……」

鶴次郎は緊張した。

「あの擦れ違った男が、両国稲荷の境内で小坂善四郎を匕首で突き刺したそうです」

倫太郎は淡々と告げた。

「間違いありませんね」

鶴次郎は念を押した。

「はい」

「鶴次郎の兄い」

由松が身を乗り出した。

「ああ。由松、このことを柳橋の親分に報せてくれ。俺は幸吉さんと辰次のいる谷中の浄空寺に行く」

「合点《がってん》だ」

由松は飛び出して行った。

「さて、あっしも行きますが、倫太郎さんはどうします」

「うん。私も行くよ」

倫太郎は立ち上がった。

今更、何をしても事実は変えようがないのだ。事実は事実として受け止めるしかない。

倫太郎は覚悟を決めた。

亥《い》の刻四つ（午後十時）。

辰次は僅かな儲《もう》けを懐《ふところ》にし、谷中の浄空寺を出た。途端に五人の男たちが辰次を取り囲んだ。

幸吉、鶴次郎、由松、そして弥平次と倫太郎だった。

辰次は咄嗟に逃げようとした。

幸吉、鶴次郎、由松が、一斉に辰次に迫った。辰次は匕首を抜き、獣のような雄叫《おたけ》びをあげて暴れた。

幸吉たちは手を焼いた。

倫太郎は進み出て、辰次の前に黙って立った。

「何だ、手前《てめえ》……」

辰次は凶暴に叫んだ。

倫太郎は辰次に近づき、匕首を握る手を無造作に掴《つか》んだ。

「放せ」

辰次が、慌てて倫太郎の手を振り払おうとした。

刹那《せつな》、倫太郎は辰次の手を捻り、腰を深く入れて撥《は》ね上げた。

辰次の身体が大きく弧を描き、激しく大地に叩きつけられた。

匕首と土埃が派手に舞い上がった。

幸吉、鶴次郎、由松が、叩きつけられた辰次に殺到した。

「見事な柔術ですね」

弥平次が感心した。

「関口流です」

関口流の柔術は、流祖関口弥六右衛門氏心《やろくえもんうじむね》が、居合と柔術を組み合わせて作ったものである。

倫太郎は、子供の頃から剣術を嫌い、柔術を学んだ。

「関口流の柔術ですか……」

「ええ。子供の頃から斬り合いが嫌いでしてね」

倫太郎は苦笑した。

弥平次は由松を従えて、神崎和馬のいる本所緑町の金貸し喜十の仕舞屋に向かった。そして、和馬と共に喜十を呉服屋『丸越』の清左衛門を騙して身代を奪った罪で召し捕った。

和馬は雲海坊の調べにより、八兵衛を喜十の騙りの一味として川越藩の町奉行所に捕えて貰った。

呉服屋『丸越』の騙りの一件は終わった。

倫太郎は、弥平次にお鈴のことを報せた。

「倫太郎さん、お上にも情けはありますよ」

弥平次は、倫太郎の心の内を見透かしていた。

お鈴は弥平次に伴われて数寄屋橋御門を渡り、倫太郎に深々と頭を下げて南町奉行所の門を潜って行った。

倫太郎はいつまでも見送った。

数日後、お鈴に手鎖三十日の裁きが下った。

辰次に刺されて苦しんでいた小坂善四郎を大川に落として死なせた罪は重いが、奉公先の『丸越』の主夫婦と娘の恨みを晴らす敵討《かたきう》ちとして裁かれたのだ。

金貸し喜十と辰次には、騙り者として死罪の裁きが下った。勿論、辰次には小坂善四郎を刺した罪も加えられていた。

だが、小坂善四郎が死んだ限り、旗本三千石中野将監が騙りの一味だという確かな証拠はなくてお咎《とが》めはなかった。

理不尽な話だ……。

倫太郎に新たな怒りが湧いた。


手鎖三十日の刑を終えたお鈴は、老番頭由兵衛に引き取られていった。

二度と逢うこともあるまい……。

倫太郎は、お鈴の幸せを願わずにはいられなかった。

倫太郎は、事件の顚末を『春は朧《おぼろ》に乙女の仇討』という題名で書き、地本問屋『鶴喜』から黄表紙として出版した。

黄表紙では、築地に屋敷のある三千石取りの旗本が、諸悪の元凶として書き記されていた。

黄表紙の噂は、鶴次郎たちによって江戸の町に広められていった。

諸悪の元凶として書かれている旗本が、中野将監だと知れ渡るのに時は掛からないだろう。

そして、中野将監は町の人々によって裁かれるのだ。

因みに『春は朧に乙女の仇討』の作者は、〝閻魔《えんま》亭居候〟と記されていた。

桜の花はいつの間にか満開の時を過ぎ、散っていた……。

第二話　夏は陽炎

一

夏。家並みは陽炎《かげろう》に揺れていた。

その揺れる陽炎の彼方《かなた》に一人の娘が消えた。

不忍池の傍、池之端《いけのはた》仲町に暖簾を掲げる料亭『若菜』の一人娘のお澄《すみ》が、神田妻恋坂で姿を消したのは五日前の暑い日だった。

十九歳のお澄は、妻恋坂の上にある妻恋町に住むお針の師匠の家に行く途中だった。

お針の師匠は、訪れる刻限に現れないお澄を案じ、『若菜』に問い合わせた。

お澄の両親である『若菜』の主夫婦は仰天し、奉公人たちに池之端から妻恋町までの道筋を探させた。

お澄は、陽炎に揺れる妻恋坂をあがっていくのを目撃されていた。

奉公人たちは、妻恋坂一帯を探し廻った。だが、お澄は何処にもいなかった。

勾引《かどわ》かし……。

お澄の父親の長兵衛は、月番の北町奉行所に届け出て脅《おど》し文《ぶみ》が来るのを待った。だが、二日が過ぎても金を要求する脅し文は来なかった。

長兵衛は戸惑い、困惑した。

神隠し……。

世間は、お澄の行方知れずを〝神隠し〟にあったと囁き始めた。

囁きは噂となり、世間に広がるのに時は掛からなかった。

陽炎に揺れる坂道で娘は神隠しにあった……。

「神隠しとは面白いなあ……」

夏目倫太郎は、手にした団扇《うちわ》を使うのも忘れて眼を輝かせた。

「ええ。下谷や神田じゃあ専《もっぱ》らの噂だそうよ」

従妹《いとこ》の結衣は、首筋に汗を滲ませて倫太郎の離れ座敷にやってきた。

結衣は友人の家に遊びにいき、お澄神隠しの噂を聞いてきたのだ。

「結衣、そのお澄って娘、妻恋坂で姿を消したんだな」

「うん。陽炎に姿を揺らしながらあがって行ったきり、消えてしまったんだって……」

二十歳になる結衣は、五歳年上の従兄の倫太郎に遠慮はない。

「ね。どうする」

結衣は身を乗り出した。

「どうするって何が……」

「決まっているじゃあない。黄表紙に書くかどうかよ」

「そいつはこれからだ」

「きっと大受け。ぐずぐずしていちゃあ他の戯作者に書かれてしまうよ」

結衣はけしかけた。

倫太郎は苦笑した。

貧乏御家人の三男坊の倫太郎は、実家を出て八丁堀の組屋敷にある結衣の父大久保忠左衛門の屋敷に居候している身だ。大久保忠左衛門は倫太郎の母方の伯父であり、北町奉行所の与力だった。

「よし。これからちょいと妻恋坂に行ってみる。結衣、伯父上には内緒だぞ」

「合点だ」

結衣は悪戯っぽく笑った。


町には日差しが溢れ、暑かった。

倫太郎は日本橋を抜け、神田川に架かる昌平橋を渡って神田に入った。

妻恋坂は、神田から不忍池に通じる明神下の通りの左手にあった。

倫太郎は妻恋坂の下に立ち、坂道を見上げた。坂道は緩やかに続いているが、陽炎が揺れてはいなかった。

この坂道で一人の娘が消えた……。

倫太郎は妻恋坂をあがりながら、周囲を見廻した。

左手に四軒の旗本屋敷が連なり、右手には旗本屋敷が一軒、町家地、妻恋稲荷と並び、突き当たりが妻恋町になる。

料亭『若菜』の娘お澄は、妻恋町に住むお針の師匠の家に行くために妻恋坂をあがり、姿を消したのだ。

妻恋坂をあがった倫太郎は、坂道を見下ろした。

料亭『若菜』の奉公人と町方の者たちが、お澄を探し歩いている様子が眼に浮かんだ。

神隠し……。

倫太郎は鼻の先で笑った。

神隠しなどあるはずはない……。

お澄は、おそらく何者かに拉致《らち》されたのに違いない。それが、妻恋坂に並ぶ旗本屋敷に住む者か、町方で暮らす者か、それとも通りすがりの者の仕業《しわざ》なのかは分からない。

さあてどうする……。

倫太郎は思いを巡らせた。


陽は西に傾き、不忍池の水面は赤く染まり始めていた。

料亭『若菜』は、一人娘のお澄が行方知れずになったにも拘《かかわ》らず暖簾を掲げていた。

いい根性をした親父だ……。

倫太郎は苦笑し、お澄がどのような娘か聞き込みを始めた。

「倫太郎さんじゃありませんか……」

鶴次郎が、緋牡丹の絵柄の派手な半纏をまとってやって来た。

「やあ。鶴次郎さん」

「何をしているんですか」

「う、うん……」

倫太郎は言葉を濁した。

「ひょっとしたら、神隠しを黄表紙に書こうって寸法ですか」

鶴次郎は、倫太郎の動きを読んだ。

「流石《さすが》だな……」

倫太郎は照れ笑いを浮かべた。

「ですが、神隠しなんか信じちゃあいない。だから、思わず言葉を濁した。違いますか」

鶴次郎は笑った。

倫太郎は感心した。

鶴次郎の読みの通りだった。

「鶴次郎さん、あんたもそう思っているのか」

「ええ。半兵衛の旦那と半次もね……」

「へえー、白縫さんの扱いですか」

白縫半兵衛は北町奉行所の臨時廻り同心であり、半次は半兵衛から手札を貰っている岡っ引である。鶴次郎と半次は、幼馴染《おさななじ》みの長い付き合いをしてきた仲だ。

「いいえ。扱いは他の同心の旦那なんですがね。半兵衛の旦那が、若菜のお澄、どんな娘なのか調べてみろと仰《おつしや》いましてね」

「神隠しでなければ、半兵衛さんは何だと思っているのかな」

「さあ……」

「勾引かしかな……」

倫太郎は、半兵衛の腹の内が知りたくなった。

「だったら、親許《おやもと》に脅し文のひとつも来ていいはずですがね」

「何も来ていませんか」

「ええ……」

鶴次郎は、小さな笑みを浮かべて頷いた。

小さな笑みの背後に何があるのか……。

倫太郎は知りたかった。

「鶴次郎さん。そろそろ日も暮れる。その辺で飯でも食べないか」

下谷広小路は江戸でも有数の繁華街であり、日が暮れても賑わいに変わりはなかった。

倫太郎と鶴次郎は、広小路の裏通りにある蕎麦屋に入った。

二人は衝立で仕切られた隅に落ち着き、酒と蕎麦を頼んだ。

「鶴次郎さん、若菜はどんな料亭なんですか」

「旦那と女将さん、お澄の父親と母親ですが、中々の商売上手だそうですよ」

「じゃあ儲かっているんですか」

「そりゃあもう、随分と貯め込んでいるそうですよ」

鶴次郎と倫太郎は、運ばれて来た酒を飲んだ。

「金が目当ての勾引かしならとっくに脅し文が来ていますか」

「ええ……」

鶴次郎は頷き、倫太郎の猪口に酒を満たした。

「それで、お澄はどんな娘ですか」

倫太郎は鶴次郎に酒をついだ。

「こいつは畏れ入ります。そいつなんですが、お澄は半年後に牛込の米問屋の若旦那と祝言《しゅうげん》をあげることになっていましてね」

「へえ、許婚《いいなずけ》がいるのか」

「はい。ところが調べたらいろいろ出てきましてね」

「いろいろねえ……」

倫太郎は、楽しそうな笑みを浮かべた。

「ええ。娘仲間と役者や芸者を呼んで遊んだり、派手に買物をして歩いたり、中々のもんですよ」

「へえ……」

倫太郎は少なからず呆れた。

派手な暮らしに男はつきものだ。

「男はどうです」

「まだはっきり掴んでいませんが、一人や二人いたとしてもおかしくはないでしょう」

「やっぱりな……」

お澄は、金持ちの娘として面白おかしく派手な暮らしをしていた。

倫太郎は猪口の酒を飲み干した。

「どう思います」

鶴次郎は倫太郎の言葉を待った。

「お澄の暮らしぶりが、神隠しに関わりあるかもしれませんね」

「倫太郎さんもそう睨みますか」

鶴次郎は小さく笑った。

「じゃあ鶴次郎さんも……」

「ええ。明日からお澄の身の廻りにいる者たちを調べようと思っています」

「面白そうだ。鶴次郎さん、良かったら私も一緒に……」

倫太郎は身を乗り出した。

「倫太郎さん、あっしはお上《かみ》の御用で動いているんじゃありません。ですからいざという時、逃げ込む処はありません。それでも構わないなら……」

「うん。心得た。親父、酒を頼む」

倫太郎は楽しげに酒を飲んだ。


「起きろ、倫太郎」

大久保忠左衛門の声が、倫太郎を眠りから覚ました。

「これは伯父上。おはようございます」

倫太郎は飛び起き、下帯一本の姿で忠左衛門に挨拶をした。

「情けない姿をしおって……」

「何分《なにぶん》にも暑いので、つい……」

倫太郎は、慌てて脱ぎ捨ててあった寝巻きをまとった。

「馬鹿。今更、寝巻きなど着てどうする。さっさと顔を洗って来い」

「はい」

倫太郎は、下帯一本の姿で井戸端に走った。

「まったく毎日ぶらぶらしおって、無駄飯食いが……」

忠左衛門は足音を鳴らし、離れの倫太郎の部屋を出て行った。

倫太郎は井戸端で頭から水を被り、眠気を振り払った。

酒は残っていない……。

頭から被った水は、朝陽に煌めきながら飛び散った。

倫太郎は水を被り続けた。


忠左衛門は下男の太吉を従え、北町奉行所に出仕して行った。

倫太郎は見送り、結衣の給仕で朝飯を食べ始めた。

朝飯は鯵《あじ》の干物に蜆《しじみ》の味噌汁。そして、茄子《なす》の丸煮だった。

倫太郎は飯をお代わりした。

「それで神隠し、どうなったの」

結衣は、興味津々で飯を差し出した。

「結衣、神隠しを信じているのか」

倫太郎は呆れたように笑った。

「信じちゃあいないけど、本当だったら面白いじゃあない」

結衣は慌てて否定した。

「神隠しにあった娘。若菜のお澄だがな。いろいろありそうな娘だよ」

「いろいろって何よ」

「男遊び……」

倫太郎は味噌汁を啜った。

「酷いの……」

結衣は眉を顰めた。

「うん。牛込の米問屋の若旦那って許婚がいるってのにな」

「許婚がいるの……」

「ああ。半年後に祝言をあげるそうだ」

「親や許婚、お澄さんの素行、知らないのかしら」

「許婚はともかく、親は知っていると思うがな」

「そうよね」

倫太郎は茄子の丸煮を食べた。

「うまい」

「素行を隠すのが……」

「いや。茄子の丸煮。流石は料理上手の伯母上だ」

「あら、私が作ったのよ」

結衣は頰をふくらませた。

「本当かな……」

倫太郎は箸を止めた。

「本当よ。茄子を洗って出汁《だし》を染みこみ易くするために、身を箸で刺して……」

「いや。許婚の若旦那が、お澄の素行を本当に知らなかったかだ」

「そうね。大店の若旦那が、縁談の相手を調べないってことはないわね」

「うん。若旦那は調べなくても、父親の大旦那は調べるよな」

「そうよね。身代を譲り渡す若旦那のお内儀になる娘だもの。調べないわけないわよね」

「そして、若旦那の耳に入る……」

「きっとね」

「よし。許婚の米屋の若旦那、どんな男か見てくるか」

倫太郎は箸を置き、冷たい茶を飲み干した。

米問屋『泉州屋』は、牛込御門前神楽坂《かぐらざか》をあがった肴町《さかなまち》にあった。

倫太郎は日本橋から神田に抜け、神田川沿いを牛込御門前に出た。そして、神楽坂の階段状の坂をあがった。

米問屋『泉州屋』は、繁盛しているらしく奉公人や人足たちが忙しく働いていた。

倫太郎は、若旦那の清吉《せいきち》の人となりを訊いて歩いた。

若旦那の清吉は、真面目《まじめ》な働き者と評判の良い男だった。

「ああ。あの人が若旦那の清吉さんだよ」

米問屋『泉州屋』の斜向かいにある行元寺門前の茶店の親父が、丁稚《でっち》を連れて出掛けて行く羽織を着た若い男を指し示した。

清吉は、隣り近所の人や擦れ違う知り合いに律儀に挨拶をし、神楽坂を下って神田川に向かって行った。

倫太郎は茶代を置き、清吉を追った。


神楽坂を降りた清吉と丁稚は、神田川沿いの道を両国に向かった。

不忍池池之端仲町の料亭『若菜』に行くのだろうか……。

許婚のお澄が行方知れずになったのは、清吉も当然知っているはずだ。

お澄がどのような娘か知っているかどうかは分からないが、許婚としては心配するのが当たり前だ。

倫太郎は後を追った。

神田川に架かる小石川御門、水道橋を過ぎ、清吉は立ち止まって丁稚に紙入れから小粒を出して渡した。

丁稚は嬉しげに頭を下げ、小粒を握り締めて両国に向かって行った。

清吉は丁稚を見送り、湯島の聖堂横の昌平坂をあがった。

おそらく清吉は、丁稚に小遣いを渡して遊びに行かせ、父親や店の者たちに知られてはならないことをする気なのだ。

真面目な働き者の清吉には、他人に知られたくない裏の顔があるのかも知れない。

倫太郎は、戸惑いながら清吉を追った。

何処へ行く……。

昌平坂からも池之端には行けるが、『若菜』には明神下の通りを行くのが普通だ。

妻恋町……。

清吉は、消えたお澄が行くはずだった妻恋町に行くのかも知れない。

倫太郎は清吉を慎重に追った。

昌平坂をあがった清吉は、妻恋坂とは逆方向から妻恋町に入った。

やはり妻恋町だ……。

倫太郎は、事の成り行きに緊張した。


路地奥の仕舞屋は黒塀に囲まれていた。

清吉は辺りを見廻し、素早く木戸を潜って入っていった。

倫太郎は見届けた。

仕舞屋は、清吉が訪れたのにも拘らず静まり返っていた。

倫太郎は木戸を引いてみた。だが、清吉が心張り棒をかったのか、木戸は開かなかった。

清吉の通い慣れている家……。

倫太郎はそう睨んだ。

黒塀に囲まれた仕舞屋からは、物音や人の話し声も聞こえない。

誰の家で、清吉とどのような関わりがあるのか……。

倫太郎は思いを巡らせた。


お澄の行方は皆目分からず、北町奉行所の定廻り同心たちの探索は次第に縮小されていいった。

「神隠しだと……」

与力大久保忠左衛門は、細い首を伸ばしてこめかみを引きつらせた。

「はっ。町の者たちの専らの噂でして……」

「馬鹿者」

忠左衛門の怒声が、用部屋に轟《とどろ》き渡った。

「ははっ……」

定廻り同心は平伏した。

「町方の者の噂で探索を左右するのか」

「いえ、決して」

「情けない。大体、神隠しなど滅多に起こるものではない。いいか、今この時も若い娘が一人、訳の分からぬ恐怖に恐れおののいてるのだ。それなのに、おのれは……」

忠左衛門は首の筋を伸ばし、声を激しく震わせて怒りを露わにした。歳《とし》に似合わない熱血漢と云えた。

「もうよい。半兵衛を呼べ。白縫半兵衛を早々に呼び出せ」

忠左衛門は顔を赤く染め、首の筋を張って叫んだ。

二

小間物屋『春木屋』の娘おまちは、媚《こ》びるような笑顔を見せた。

鶴次郎は、ようやく見つけたお澄の遊び仲間のおまちに酒を注いでやった。

おまちは美味《うま》そうに飲み干し、深い吐息を洩らした。

まるで酒好きの場末の酌婦だ……。

鶴次郎は呆れながらも、おまちの猪口に酒を満たしてやった。

「で、おまちさん。お澄さんの妻恋町にいる知り合いってのは、誰なんだい」

「それが知らないんですよね」

「知らない……」

「ええ」

「本当に……」

鶴次郎は、疑いの眼差しを向けた。

「本当ですよ。きっと、私たちに内緒の新しい男でも出来たんじゃない」

「男……」

「ええ。ああ見えてもお澄ちゃん、男が好きだったから、私はお酒……」

おまちは嬉しげに笑い、手酌で酒を飲んだ。

「男ねえ……」

「ええ。祝言をあげる前に、思いっきり男と遊ぶんだって云っていましたよ」

「遊ぶか……」

「新しい男と家に籠《こ》もってやることは、たったひとつだよね。あははは……」

おまちは淫靡《いんび》に笑った。

「じゃあ、おまちさんはお澄さんが勾引かしでも神隠しでもなく、家に帰らず男と何処かで遊んでいるってのか」

「ええ……」

おまちは手酌で酒を飲み続けた。

「余計なお世話かも知れないが、そんなに飲んでお父っつぁんやおっ母さんに怒られないのかい」

鶴次郎は心配した。

「お父っつぁんは金儲けに忙しくて、おっ母さんは見て見ぬ振り。それにお酒も男も今の内だけ。来年になれば、綺麗さっぱり足を洗って玉《たま》の輿《こし》を狙うってところかしら」

おまちは、酒に唇を濡らして嘯いた。

女郎も顔負けの良い度胸だ……。

いずれにしろ、不意に腹立たしさを覚えた。

鶴次郎は酒を飲むおまちを残し、金を払って茶店の座敷を出た。

不忍池を吹き抜けた風が、微かな涼しさを感じさせた。

鶴次郎は、身体に絡み付いたおまちの怠惰な匂《にお》いを振り払った。


黒塀に囲まれた仕舞屋には、妾稼業の女が婆《ばあ》やと暮らしていた。

この時代、女の職業は少なく、武家や大店の女中、料理屋の仲居、芸者や遊女などの水商売、音曲や裁縫の師匠ぐらいしかなく、妾奉公も立派な職業とされていた。

倫太郎の聞き込みでは、仕舞屋に住んでいる妾稼業の女は、お絹《きぬ》という名の女郎あがりの年増だった。

「そのお絹さんの旦那ってのは、どんな人ですか」

倫太郎は、自身番の番人に尋ねた。

自身番は各町内にあり、町役人たちが詰めている町奉行所支配の出張所のような所である。

表は腰高障子の引違い二枚、前に三尺の玉砂利が敷かれ、三尺張り出しの式台がある。そして、右の板壁には駒つなぎの柵と突棒《つくぼう》、刺す叉、袖がらみの捕物《とりもの》三道具があり、右の壁には町内の纏《まとい》や鳶口《とびぐち》などが置かれていた。

中には、三畳の畳の間と腰高障子で区切られた三畳の板の間があった。

詰めているのは家主が二人、店番が二人、番人が一人の五人番が普通だが、余りにも窮屈なので三人番に略されることもあった。

自身番の仕事は、三年ごとに届け出る人口統計、町入用の割符の計算、人別帳の整理、町奉行所からの書類の受付などである。

倫太郎は、伯父の大久保忠左衛門の名を使い、自身番の交代した番人を蕎麦屋に誘った。そして、酒を振舞い、聞き込みを開始したのだ。

「それが、妾奉公といっても、お絹は一人の旦那じゃあなくて、何人かの旦那に囲われていましてね」

「何人かの旦那……」

倫太郎は眉を顰めた。

「ええ、一のつく日はお店の旦那、三の付く日は若旦那、五の付く日は御隠居さん。八の付く日は番頭さんってな具合ですか……」

番人は、勤めの終わった気楽さからか、楽しげに酒を飲んだ。

「へえー、四人の旦那が入れ替わり立ち替わりですか」

「たとえばですよ」

番人は苦笑した。

「それにしても凄いもんだなあ……」

倫太郎は、お絹の逞《たくま》しさに感心した。

「なあに、その方が旦那たちが払うお手当ても少なく済むし、お絹も縛られずに気儘《きまま》に出来るってもんですよ」

「じゃあ、旦那たちも自分の他に男がいるのを知っているんだ」

「そりゃあもう……」

番人は頷き、酒を啜った。

米問屋『泉州屋』の清吉も、お絹の家に通う旦那の一人なのだ。

許婚のお澄が行方知れずだというのに、妾の家に来ている清吉……。

倫太郎は、呆れ返らずにはいられなかった。

お絹の家は相変わらず静まり返っていた。

清吉はもう帰ったのだろうか……。

倫太郎は家の様子を窺った。

「倫太郎さん……」

鶴次郎がやって来た。

「鶴次郎さん……」

「何をしているんですかい」

「うん……」

倫太郎は、お澄の許婚である米問屋『泉州屋』の若旦那清吉を追って来たことを伝えた。

「で、鶴次郎さんは……」

「あっしはお澄の遊び仲間の……」

鶴次郎は、おまちから聞いたお澄の素行を調べていた。

「男遊びですか……」

倫太郎は呆れた。

「ええ。相手の清吉も妾遊び。こりゃあ割れ鍋にとじ蓋《ぶた》ですかい」

鶴次郎は苦笑した。

お澄に清吉は、大店の息子と娘に生まれてなに不自由なく育ってきた。それは、人として面白おかしく、楽に暮らすことでしかなかったのか。

倫太郎は、腹立たしさを覚えずにはいられなかった。

「それで倫太郎さん、これからどうするつもりなんですか」

「そいつなんですが、どうしようかと……」

倫太郎は困惑を滲ませた。

「忍び込んでみますか」

鶴次郎は黒塀を見上げた。

「でも、木戸には心張り棒がかってあるようですよ」

「ま、見ていて下さい」

鶴次郎は笑みを浮かべ、懐から匕首を抜き出して木戸の隙間に差し込んだ。そして、辺りに人がいないのを確かめ、匕首を捻った。

心張り棒が外れて落ちる音がし、木戸は浮き上がって外れた。

鶴次郎は外れた木戸を押さえ、静かに横に動かした。

「さあ……」

倫太郎は鶴次郎に促され、素早く木戸を潜った。鶴次郎が続き、木戸を元に戻した。

倫太郎と鶴次郎は、仕舞屋の中の様子を窺った。

家の中に物音はしなかった。

「倫太郎さん……」

鶴次郎は、足音を忍ばせて裏手に廻った。倫太郎が続いた。


裏口に錠は掛かっていなかった。

台所は暗く、人気も火の気も感じられなかった。

鶴次郎と倫太郎は忍び込んだ。

その時、鶴次郎が緊張した面持ちで立ち止まり、鼻を鳴らした。

「どうしました」

「血の臭《にお》いです」

「血……」

倫太郎は思わず顔を歪めた。

鶴次郎は廊下を進み、居間と思われる部屋の障子を開けた。

清吉が胸に火箸を突き立てて倒れ、真っ赤な血が広がっていた。

鶴次郎は眉を顰め、清吉の様子をみた。

清吉は既に死んでいた。

「倫太郎さん……」

「うん。お澄の許婚の泉州屋の清吉です。死んでどのくらい経《た》っているのかな」

「そうですね。詳しいことははっきりしませんが、ざっと一刻ほど前ですかね」

「一刻前……」

清吉がお絹の家に入るのを見届け、辺りに聞き込みを掛け始めた頃だ。

清吉は家に入って間もなく殺され、下手人は倫太郎が家から離れた隙に逃走した……。

倫太郎は、鶴次郎に悔しげに告げた。

鶴次郎は頷き、座敷への襖《ふすま》を開けた。座敷には派手な柄の蒲団が敷かれたままで誰もいなかった。

鶴次郎と倫太郎は、家の中を調べた。だが、住人であるお絹と婆やは何処にもいなかった。

「清吉を手に掛けたのは、お絹ですかね」

「さあ、そいつはどうですか……」

鶴次郎は慎重だった。

「倫太郎さん、あっしはここを見張っています。申し訳ありませんが、自身番に行って北の御番所に人を走らせてくれませんか」

「心得た」

倫太郎は鶴次郎を残し、自身番に走った。

お絹の家の中は綺麗に掃除されており、住む人の性格を窺わせた。

鶴次郎は、婆やの部屋や納戸などを詳しく調べた。家の中には争った跡もなく、何もかもが片付けられており、慌てて逃走した様子はなかった。

清吉は寛《くつろ》いでいるところを刺された……。

鶴次郎はそう見た。

家の中の何処にも金は残されてはいない。

仮にお絹が下手人だとしたら、清吉を刺してあり金のすべてを持って逃走したのかも知れない。

鶴次郎はそうした場合に備え、お絹の逃走先を示すものを探した。

「御免」

倫太郎は自身番に駆け込んだ。

「あれ、倫太郎さんじゃありませんか」

居合わせた半次が戸惑いを見せた。

半次は、北町奉行所臨時廻り同心白縫半兵衛から手札を貰っている岡っ引だ。当然、半兵衛の上役である大久保忠左衛門の屋敷の居候である倫太郎を知っている。

「おお、半次さんか」

「どうかしたんですかい」

「うん。妾稼業のお絹の家で牛込の米問屋の若旦那が殺されている」

「なんですって」

半次と自身番に詰めている家主たちが驚いた。

倫太郎は、北町奉行所への連絡を家主たちに頼み、半次と共にお絹の家に向かった。

「倫太郎さん、妾稼業のお絹の家に何しに行ったんですか」

半次は怪訝な目で訊いてきた。

「若菜のお澄の神隠しを調べていたんです」

「神隠し……」

「ええ。それでいろいろあってお絹の家に辿《たど》り着いて……。お絹の家には鶴次郎さんがいます」

「鶴次郎が……」

半次と鶴次郎は幼馴染みであり、共に半兵衛のために働いていた。

「ええ。それより半次さんは、自身番で何をしていたんですか」

「知らん顔の旦那が、伯父上さまの命令で神隠しを扱うことになりましてね」

「知らん顔の半兵衛さんが……」

白縫半兵衛は、世の中には私たちが知らぬ顔をした方がいいことがあると嘯き、〝知らん顔の半兵衛〟と渾名《あだな》されている臨時廻り同心だ。

「ええ。それであっしが先乗りして来たってわけですよ」

倫太郎と半次は、お絹の家の木戸を潜った。

町方役人たちが追って現れ、辺りを封鎖してお絹の行方を捜索するはずだ。

部屋という部屋、納戸、台所、厠《かわや》。そして、天井裏に床下……。

お絹の家は、隅から隅まで徹底的に調べられた。だが、変わったものは何も見つからなかった。

「神隠しねえ……」

半兵衛は、倫太郎と鶴次郎の話を聞き終え、面白そうに笑った。

「ええ。お澄が消えたのは妻恋坂。そして、許婚の若旦那が、妻恋町の妾稼業のお絹の家で殺された。神隠しに関わり、あると思えませんか」

倫太郎は身を乗り出した。

「うん。ありそうですね」

半兵衛は頷いた。

「じゃあ、次はどうしたらいいでしょう」

倫太郎は半兵衛の指示を待った。

「倫太郎さん、神隠しなら好きに動いても構いませんが、殺しはお上の御用ですよ」

半兵衛は笑った。

「ですが……」

「倫太郎さん、このこと大久保さまはご存じありませんね」

「そ、それは……」

「閻魔亭居候ですか」

「えっ……」

倫太郎は言葉を失った。

半兵衛は、倫太郎の戯作者名を知っていた。

「怒るでしょうね、大久保さま。神隠しを黄表紙に書こうって魂胆を知ったら……」

半兵衛は苦笑した。

「半兵衛さん……」

倫太郎は項垂れた。

「半次、殺された清吉の身辺を詳しく洗ってくれ。鶴次郎はお絹の人となりとその行方だ」

半兵衛は指示をした。

「はい」

「承知しました」

半次と鶴次郎は、返事をして動き出した。

倫太郎は悄然《しょうぜん》と肩を落とした。

「ああ、鶴次郎」

「はい」

「もし手が足りなかったら、誰かに手伝ってもらうんだね」

「はい」

鶴次郎は、倫太郎を見て笑った。

「恩に着ます、半兵衛さん。じゃあ……」

倫太郎は、鶴次郎の後を追って家を飛び出した。

半兵衛は苦笑して見送った。

「神隠しか……」

そして、厳しく呟いた。

蟬《せみ》が煩《うるさ》く鳴きはじめた。

昼下がりの暑さは家の中にこもり、庭の木の葉や草は日差しに透けていた。

妻恋坂には陽炎が立ちのぼり、降りていく女の姿を気だるく揺らしていた。


米問屋『泉州屋』は清吉の死を知り、混乱状態に陥って大戸を降ろした。

番頭の松蔵は、二番番頭と人足たちに清吉の死体の引き取りに行かせた。

「あの盛りのついた馬鹿者が……」

『泉州屋』の主・仁左衛門《にざえもん》は、倅《せがれ》の清吉を口汚く罵《ののし》り、眩暈《めまい》を起こして倒れた。

内儀のおとよと松蔵が、慌てて仁左衛門に駆け寄って介抱した。

仁左衛門の眩暈は、『泉州屋』の混乱に拍車をかけた。

半次は奉公人たちに、若旦那・清吉の日頃の様子を尋ねた。だが、奉公人たちは言葉を濁し、半次を避けた。

清吉は表面はどうであれ、決して良い若旦那でも商人《あきんど》でもないのだ。

半次はそう睨んだ。

「あの、親分さん……」

番頭の松蔵が、声を潜めて近づいて来た。

「なんだい」

「若旦那、丁稚と一緒ではなかったでしょうか」

「丁稚……」

半次は怪訝な眼差しを向けた。

「はい。貞吉《さだきち》と申す丁稚で、若旦那のお供をして出掛けたのでございますが……」

殺しの現場のお絹の家に、丁稚の貞吉はいなかった。

「さあ、いませんでしたがね」

「まさか、貞吉も他の処で……」

松蔵は微かに震えた。

「おそらく、そいつは心配ありませんよ」

丁稚の貞吉は、清吉がお絹の家にいる間、何処かで遊んで来いと云われているのだ。

「それならいいのですが……」

松蔵の不安は消えなかった。

「ところで番頭さん。若旦那の許婚、池之端の料亭若菜のお澄さんが、行方知れずになったのを知っていますね」

「はい。お澄さま、神隠しにお遭いになられたとか、お気の毒に……」

松蔵は眉を顰め、お澄に同情した。

「旦那やお内儀さん、どう仰っていました」

「それはもう、御心配されまして……」

「若旦那の清吉さんはどうでした」

「はあ。若旦那も驚かれ、心配されておりました」

だが、清吉はお澄が行方知れずだというのに、妾のお絹の家を訪れて殺されたのだ。

半次は密《ひそ》かに嗤《わら》った。


妻恋坂の上に夕陽が沈み始め、行き交う人の影を長く伸ばした。

倫太郎と鶴次郎は、手分けをしてお絹の足取りを追った。だが、お絹を見掛けた者は容易に見つからなかった。

お絹が、家を出て妻恋坂を下りたとは限らない。反対側の道から神田川や小石川に出ることもある。

神田川から舟を使えば、見掛けた者も少ないはずだ。

倫太郎は神田川沿いの道に出た。

夕陽は沈み、辺りは薄暮に包まれていた。

昌平坂の入口に佇む人影が見えた。

倫太郎は、薄暮を透かして見た。

人影は、清吉のお供をして来た丁稚だった。丁稚は清吉の死も知らず、不安げな面持ちで立っていた。

三

深川永代寺門前の岡場所は、昼間から賑わっていた。

倫太郎は、妻恋町の自身番の番人に聞いた廓《くるわ》『丁字屋』を探した。『丁字屋』は、お絹が女郎をしていた見世《みせ》だ。

お絹の生きて来た道を遡り、その人となりと逃亡先の手掛かりを探す……。

それが、倫太郎が『丁字屋』を訪れた理由だった。

『丁字屋』は東仲町の外れにあった。倫太郎は『丁字屋』の暖簾を潜った。

『丁字屋』の主の万五郎《まんごろう》は、お絹を覚えていた。

お絹は、十五の歳に常陸牛久《ひたちうしく》から『丁字屋』に売られて来た。一年間の下働きをし、十六歳で客を取らされるようになった。そして、十年が過ぎ、お絹は呉服屋の隠居に身請けされて苦界《くがい》から抜け出した。

「それからお絹は、呉服屋の御隠居に妾奉公をしていましたが、御隠居も亡くなって晴れて自由の身になったと聞いていますよ」

万五郎は茶を啜った。

「お絹、自由の身になっても妾稼業を続けたのはどうしてかな」

倫太郎は首を捻った。

「さあ、そいつはよく分かりませんが。金だと思いますぜ」

「金……」

「ええ。松戸の実家のお父っつぁん、お絹がここにいる時、卒中で倒れましてね。おっ母さんに金を貯めては仕送りをしていたんです。御隠居が亡くなった後も、仕送りを続けるためには、妾稼業をやめるわけにはいかなかったのかも……」

「成る程……」

お絹は、実家に仕送りをする金が欲しくて、妾稼業を続けていた。

倫太郎は、お絹の辛く厳しい半生を知った。

「それにしても、お絹は気の優しい女でした。人を手に掛けただなんて、余程のことがあったんでしょうね」

万五郎はお絹に同情した。

仮に万五郎の睨みが正しいとしたなら、清吉を刺し殺した余程のこととは何なのだろう。

「その余程のことが何か、分からないかな」

「さあ……」

万五郎は、残念そうに首を捻った。

倫太郎は思いを巡らせた。だが、それらしい答えは思い浮かばなかった。

「そうか……」


神田川は夏の日差しに眩しく煌めいていた。

鶴次郎は昌平橋の船着場に下り、発着する船の船頭に聞き込みを掛けていた。

清吉が殺された日、妻恋町周辺の道にお絹の姿を目撃した者はいなかった。

神田川から舟に乗ったのかもしれない……。

鶴次郎は、妻恋町に近い昌平橋の船着場に行き、聞き込みを始めた。だが、お絹らしき女を見掛けた船頭は中々見つからなかった。

午《うま》の刻九つ（午後十二時）。

半次と鶴次郎は、妻恋坂の途中にある妻恋稲荷の裏手にある一膳飯屋で落ち合った。

二人は、昼飯を食べながら手に入れた情報を交換した。

不忍池池之端の料亭『若菜』は暖簾を仕舞った。

『若菜』の主の長兵衛は、娘のお澄が行方知れずになった上、娘の許婚の清吉が殺され、流石に店を閉めたのだった。

女遊びにうつつを抜かして殺された米問屋『泉州屋』の若旦那・清吉。男遊びが派手で行方知れずになった料亭『若菜』の娘・お澄。

二人の実態を知る奉公人たちの中には、密かに笑う者がいるほどであり、同情者は少なかった。

お澄の父親の長兵衛と母親は、清吉の弔いに行って子供たちの縁談を白紙に戻した。

『泉州屋』の仁左衛門とおとよ夫婦に異存はなかった。

縁談が白紙になったお澄は、姿を現すかも知れない……。

お澄は清吉との縁談を嫌い、神隠しを装って姿を隠した。そして、嫌いな清吉が殺されて縁談が白紙に戻り、姿を隠す必要がなくなって現れる。

神隠しは、姿を隠したり現したりするのに都合のいい手立てといえる。

半次は、お澄の行方知れずを狂言と睨んでいた。

「狂言……」

「ああ。清吉との縁談が厭《いや》で家出をしたってところだぜ」

「そうかな……」

「そして、清吉が死んだ今、自分から出て来る寸法だ」

半次は飯の残りに味噌汁を掛け、啜り込んだ。

「となると、お澄が清吉を殺めたってのもあるな」

半次は空になった丼を置いた。

「だったら、お澄はお絹の家にいたってのかい……」

「ああ。お絹に金でも渡して仲間に入れ、清吉が来るのを待っていた。違うかな」

「そうかな……」

鶴次郎は、半次の睨みに素直に頷けなかった。

「それで鶴次郎、倫太郎さんはどうした」

「お絹を調べているぜ」

「お絹をな……」

「ああ……」

「書くのかな黄表紙」

「きっとな……」

「閻魔亭居候かい……」

半次は苦笑した。


猪牙舟の舳先は、流れを左右に切り裂いて大川を遡った。

水飛沫《みずしぶき》は煌めき、舳先にいる倫太郎に涼しさを与えてくれた。

深川を出た倫太郎は、永代橋の船着場で猪牙舟を雇い、大川を遡って両国から神田川に入り昌平橋に行くつもりだ。

両国橋を潜った猪牙舟は、左手の神田川に入った。そして、柳橋と浅草御門を過ぎ、柳原の土手に差し掛かった頃、蟬の鳴き声が降り注いできた。

倫太郎は、昌平橋の船着場で猪牙舟を降りた。そして、明神下の通りを妻恋坂に向かった。

妻恋坂には夏の日差しが降り注ぎ、陽炎が揺れていた。

倫太郎は坂道をあがった。

陽炎に揺れる坂の上を一人の女が横切った。

お絹……。

倫太郎は不意にそう思った。

女は、陽炎に揺れながら坂の上を横切って消えた。

倫太郎は妻恋坂を駆け上がった。だが、女の姿は妻恋坂の上の何処にも見えなかった。

「お絹……」

倫太郎はお絹の顔を知らない。だが、何故か倫太郎には、陽炎に揺れて消えた女がお絹に思えてならなかった。

お絹の家は外の暑さにも拘らず、冷え冷えとしていた。

倫太郎は簞笥《たんす》や茶簞笥の抽斗《ひきだし》を調べ、お絹が松戸の実家に仕送りをしていた証を探し始めた。

抽斗の中に小さな帳簿があった。帳簿には松戸の実家に仕送りをした日付と金額が、決して上手くない文字で細かく書き綴られていた。

お絹は、取るに足らない僅かな金でも毎月律儀に仕送りしていた。

倫太郎は、お絹の優しさと律儀さが哀しくなった。

庭先で物音がした。

倫太郎は素早く雨戸に寄り、隙間から庭を覗いた。

二匹の野良犬が、庭の桜の木の下を掘っていた。

倫太郎は雨戸を開けた。

二匹の野良犬は驚き、慌てて何処かに逃げた。

倫太郎は庭に降り、二匹の野良犬が掘っていた桜の木の下を見た。

掘り返された地面には、木洩《こも》れ日が煌めいていた。その煌めきの中に土にまみれた人間の手の指があった。

「手の指……」

倫太郎は驚き、手の指の周囲を慎重に掘り始めた。

やがて土の下から女の手が現れた。

女が埋められている……。

倫太郎は慄然《りつぜん》とした。

桜の木の下から掘り出された女の死体は、料亭『若菜』の娘・お澄だった。

お澄は神隠しに遭ったのではなく、殺されていたのだ。

「殺されていたか……」

半兵衛は、掘り出されたお澄の死体を検めた。

お澄の首には、青い扱《しご》きが固く巻きつけられていた。

「後ろから締め殺されたようだね」

半兵衛は、お澄の首の後ろにある青い扱きの交わり目を示した。

「はい。殺されてから大分刻が経っていますね……」

半次は眉を顰めた。

お澄の死体は、夏の暑さに腐敗し始めていた。

「うん。おそらく姿を消した時、殺されたんだろう」

半兵衛は睨んだ。

「殺ったのはお絹ですかね……」

鶴次郎が吐息を洩らした。

「埋められていた穴の深さ、どのぐらいだい」

「二尺ちょっとぐらいですか……」

半次が答えた。

「やっぱり、お絹の仕業ですね」

男の仕業ならもっと深く掘るはずだ。鶴次郎は女の仕業と読んだ。

「まず間違いないだろう……」

半兵衛の睨みも同じだった。

「じゃあお絹がお澄を殺め、その後に清吉を手に掛けたってことですか」

倫太郎が念を押した。

「きっとね……」

「半次、若菜に報せてくれ。鶴次郎、とにかくお絹の行方だ」

半次と鶴次郎は、返事をして出て行った。

倫太郎が続こうとした。

「倫太郎さん……」

半兵衛が呼び止めた。

「はい……」

倫太郎は怪訝そうに振り向いた。

「お澄の死体を見つけるとは、お手柄でした」

「いえ……」

「此処《ここ》に何しに来たんですか」

半兵衛は微笑んだ。

「えっ。それは……」

倫太郎は躊躇《ためら》った。

お絹の生きて来た歳月に同情し、確かめに来たのを正直に告げるのを躊躇った。

「お絹のこと、何か分かったんですか」

半兵衛は、倫太郎の気持ちを見抜いていた。

倫太郎は覚悟を決め、深川の女郎屋『丁字屋』で聞いたことを語った。そして、お絹に思いを馳せ、家に来てお澄の死体を見つけたことを告げた。

「成る程……」

「半兵衛さん。お絹は何故、お澄と清吉を殺したんでしょうね」

倫太郎は知りたかった。

「倫太郎さん、そいつは私も一番知りたいことですよ」

半兵衛は苦笑した。

倫太郎は思わず項垂れた。

「倫太郎さん、お絹がどんなに辛く厳しい生き方をしてきたにしろ、人を手に掛けたのが事実であれば、お裁きを受けて罪を償わなければならない。そいつは確かです」

半兵衛は静かに告げた。それは、まるで己に云い聞かせているかのようでもあった。

「半兵衛の旦那、若菜の長兵衛旦那と女将さんが参りました」

半次が、お澄の両親を連れて来た。

半兵衛は半次たちを振り返った。倫太郎との話はそれまでだった。

「うん。仏さんを見て貰おうか……」

半兵衛は長兵衛たちを促した。

「お、お澄」

母親は死体を見るなり、縋り付いて泣き出した。父親の長兵衛が続いた。誘われたように蟬が鳴き出した。

埋められていた女の死体は、行方知れずになっていたお澄に間違いなかった。

何故、お澄と清吉は殺されたのか……。

何故、お絹はお澄と清吉を殺したのか……。

倫太郎には分からないことばかりだった。


夏の暑さは続いた。

倫太郎、鶴次郎、半次たちの探索にも拘らず、お絹の行方は分からなかった。

「こうなると、神隠しに遭ったのはお絹だと思いたくなるぜ」

鶴次郎は苦く笑った。

「冗談を云っている場合じゃあねえや」

半次は腐った。

「それにしても半次さん、お絹の家にいた婆やはどうしたんでしょうね」

倫太郎は首を捻った。

「お甲《こう》ですか……」

婆やのお甲も姿を消していた。

「きっと、お絹と一緒ですよ」

半次はそう睨んでいた。

「じゃあ、婆やのお甲もお絹と、お澄や清吉を殺めたんですかね」

「おそらく、手伝ったと思いますよ」

半次は頷いた。

「半次、確かお甲は向島《むこうじま》の出だったな」

「ああ。人別帳によれば実家は甥夫婦が継いで、小梅村で百姓をしているそうだ」

「その辺かな……」

鶴次郎は呟いた。

お絹は、お甲の甥夫婦を頼って向島の小梅村に逃れ、潜んでいるのかも知れない。

「とりあえず小梅村に行ってみるか」

半次は藁にも縋る思いだった。

「今はそれしかねえようだ」

鶴次郎は頷いた。

「倫太郎さんはどうします」

「私は常陸の牛久に行ってみます」

倫太郎は決めた。

「牛久って、お絹の実家ですか」

「ええ……」

「そいつはどうかな、倫太郎さん」

半次は戸惑いを浮かべた。

「お絹も馬鹿じゃあない限り、実家に俺たちの手が廻るのは分かりきったことです。事実、大久保さまが牛久藩の町奉行所に報せ、手配りを頼んだのですが、未《いま》だに返事がないってのは、現れちゃあいないってことですよ」

常陸牛久藩一万五千石は、山口筑前守の領地であり、江戸の町奉行所が手を出せるところではない。北町奉行所としては牛久藩の町奉行所に頼るしかなかった。

「それはそうでしょうが……」

倫太郎は素直に頷けなかった。


千住の宿場から常陸牛久までは、十四里余りの道程《みちのり》だ。

倫太郎は、半次や鶴次郎と共に猪牙舟で大川を遡った。

浅草吾妻橋を過ぎて大川は隅田川と名を変え、猪牙舟は向島竹屋ノ渡《わたし》に着いた。

「倫太郎さん、本当にこのまま牛久に行くんですか」

鶴次郎は眉を顰めた。

「ええ。どうにも気になりますから行ってみます」

倫太郎は笑った。

「そうですか。じゃあ、あっしたちは小梅村で婆やのお甲を探してみます」

「はい。では……」

倫太郎は猪牙舟の船頭を促し、隅田川を遡って千住に向かった。

「お気をつけて……」

鶴次郎と半次は、船着場で倫太郎を見送った。

倫太郎は千住で猪牙舟を降り、水戸街道を牛久に行くつもりだった。

向島竹屋ノ渡から土手にあがると、三囲稲荷社がある。〝みめぐり〟の名の謂れは、白狐が神像を三度廻った伝説から来ているとされている。

半次と鶴次郎は、三囲稲荷、延命寺の境内を抜け、水戸藩江戸下屋敷の裏手に出た。

田畑の緑は夏の日差しに輝き、暑さに蒸れた匂いを漂わせていた。

小梅村だった。

半次と鶴次郎は、婆やのお甲の甥夫婦を探すため村役人の許に急いだ。

四

千住の宿は、水戸街道と奥州街道の起点であり、旅人たちで賑わっていた。

倫太郎は千住大橋の橋詰の店で、笠や草鞋《わらじ》などの旅支度を整え、水戸街道を常陸の牛久を目指して出立《しゅったつ》した。

真夏の陽に照された街道は、土埃と乾いた馬糞の藁屑《わらくず》を舞い上げていた。

倫太郎は笠を目深に被り、牛久に急いだ。

小梅村の村役人は、お甲の甥・徳松《とくまつ》の家の場所を教えてくれた。

徳松の家は、田畑の中を縦横に走る小川の畔にあった。

半次と鶴次郎は二手に分かれ、徳松の家の表と裏から近付いた。

徳松の家から赤ん坊の泣き声があがった。

半次と鶴次郎は、物陰に潜んで様子を窺った。

初老の女が、泣く赤ん坊を抱いてあやしながら家から現れた。

初老の女は日に焼けてなく、とても農婦には見えなかった。

お甲だ……。

鶴次郎は半次を見た。

半次も同じように思ったらしく、鶴次郎に頷いてみせた。

赤ん坊は泣き止《や》み、お甲は家に戻った。

半次と鶴次郎は合流した。

「お甲に違いねえな」

「ああ。徳松夫婦が野良仕事に行っている間の子守りだ」

「お絹は家の中かも知れねえ」

半次と鶴次郎は、慎重に家に忍び寄った。

草いきれが、二人に暑苦しくまとわりついた。

縁側の開け放たれた徳松の家の中は、薄暗くて狭いのが分かった。

お甲は、眠った赤ん坊に団扇の風を送っていた。

鶴次郎と半次は、様々な角度から家の中を透かし見た。

お甲と赤ん坊の他に人がいる様子は窺えなかった。

「お絹はいないいな」

半次が厳しい面持ちを見せた。

「ああ。出掛けているのかも知れねえ」

鶴次郎は、暫《しばら》く様子を見ようと提案した。

「もし、ここにいないとしても、お甲が動くかも知れねえからな」

「分かった」

半次と鶴次郎は、徳松の家の表と裏に潜んで見張りを始めた。

熱い風が吹き抜け、田畑の緑を大きく揺らした。

千住宿を出た倫太郎は、中川を渡し舟で渡って新宿《にいじゅく》に着いた。そして、松戸を過ぎて小金の宿で夕暮れを迎えた。

牛久藩の城下までは後八里余りだ。

倫太郎は旅籠に泊まり、翌朝早立ちをすることにした。


陽が沈んでも風はなく、暑さは変わらなかった。

お絹が出先から帰ってくることもなく、徳松夫婦が野良から戻ってきた。

徳松は鍬《くわ》や鋤《すき》の手入れをし、女房は夕餉《ゆうげ》の仕度を始めた。

お甲は赤ん坊にお湯をつかわせ、汗を流してやっていた。

三人の様子に不審なところは窺えなかった。

お絹の入り込む余地はない……。

鶴次郎はそう判断した。

「お絹はここにはいないようだな」

「ああ。俺もそう見たぜ」

半次は頷いた。

「さあて、どうする」

「どうするって、お絹のいる処を知っているかも知れねえし。お甲にも清吉とお澄を殺した疑いがあるんだ。放っておくわけにはいかねえさ」

「だったら早い方がいいだろうな」

　鶴次郎は頷いた。


「あの、何か……」

　お甲は、怪訝な面持ちで表に出て来た。

「妻恋町のお絹の家にいたお甲さんだね」

　半次が、懐の十手をちらりと見せた。

　お甲は愕然《がくぜん》とし、激しく震え出した。

　鶴次郎が背後に現れた。

「お絹の家から清吉とお澄の死体が見つかってね。殺したのはお絹か……」

　お甲は激しく震え、言葉もなく喉を引きつらせた。

「それとも、あんたかい」

「ち、違います」

　お甲の声は掠《かす》れた。

「やっぱりお絹が殺ったのか……」

「悪いのはお澄さんです。悪いのは若旦那なんです」

お甲は悲痛に云い切った。

「詳しい話は大番屋で聞かせてもらう。それより、今、お絹はどこにいるんだい」

半次が厳しい口調で尋ねた。

お甲は口をつぐんだ。

「云えないのかい」

お甲は恐る恐る頷いた。

「牛久かい……」

鶴次郎が背後から尋ねた。

お甲は思わず振り向いた。その顔は恐怖と哀しみに大きく歪んでいた。

「牛久の実家に帰ったんだね」

鶴次郎は念を押した。

お甲はその場に座り込み、すすり泣いた。

お絹が、常陸牛久の実家に帰ったのに間違いはない。倫太郎の睨みが正しかったのだ。

「半次、俺はこれから牛久に行くぜ」

「大丈夫か」

半次は心配した。

「ああ、倫太郎さん一人に任せたままの方が余程心配だぜ」

鶴次郎は苦笑した。

「分かった。後は引き受けた。気をつけて行ってくれ。それからこいつを持って行け」

半次は、鶴次郎に十手を差し出した。

「そいつは拙《まず》いぜ」

半次の十手は、白縫半兵衛が手札と一緒に与えてくれたものだ。勝手にやりとりは出来ない。

「なあに、渡す相手はお前だ。半兵衛の旦那は許してくれるよ」

江戸の岡っ引の十手が、牛久藩でどのぐらい役に立つかは分からない。だが、ないよりはいい。

「だったら預るぜ」

鶴次郎は十手を懐に入れ、足早に竹屋ノ渡に向かった。

竹屋ノ渡の傍には、川魚料理の『平石』があり、客を送り迎えする持ち舟がある。鶴次郎は、その舟を借りて千住の宿に行くつもりだった。舟を借りるのにも十手の威光は役に立つ。

鶴次郎は夜道を急いだ。

寅の刻七つ（午前四時）。

暑い夏の一日が始まった。

倫太郎は小金の宿を発《た》った。

我孫子《あびこ》の宿まで三里、我孫子から取手の宿まで一里九丁。取手から藤代の宿まで二里三十丁。藤代から牛久まで二里。

倫太郎は昼までに牛久藩に着くため、足早に水戸街道を進んだ。


午の刻九つ（午後十二時）。

水戸街道を進む倫太郎は、左手に湖の煌めきを見た。

牛久沼だった。

常陸牛久藩一万五千石譜代大名山口筑前守の城下町だ。

倫太郎は町奉行所を訪ね、伯父・大久保忠左衛門の名前を使ってお絹の実家の場所を尋ねた。だが、町奉行所では分からず、郡《こおり》奉行所に廻された。

江戸でも牛久でも役所は同じだ。倫太郎はたらい回しにされた。そして、小半刻が過ぎた頃、倫太郎はようやくお絹の実家の場所を知った。

お絹の実家は牛久沼の畔にあった。

倫太郎は牛久沼に急いだ。

牛久沼は鏡のように光り輝き、漁をする小舟が黒い影となって浮かんでいた。

畔にあるお絹の実家は、今にも崩れそうなほどに古かった。

倫太郎は、慎重に聞き込みを開始した。

お絹の父親は、牛久沼の川魚を獲る貧乏漁師だったが、三年前に卒中で倒れて寝込んでいた。以来、母親が百姓の手伝いをし、僅かな手間賃を稼いで暮らしを立てていた。

お絹には弟が一人いた。だが、その弟は、お絹が呉服屋の隠居に身請けされた頃、江戸に出て行方知れずになった。

お絹は、残された両親に仕送りを始めた。

呉服屋の隠居が死んだ後も、数人の旦那に抱かれて金を稼いで仕送りを続けた。

哀しく辛い暮らしだ……。

倫太郎は、お絹に同情せずにはいられなかった。

そんなお絹が何故、清吉とお澄を殺めたのか……。

倫太郎は知りたいと思った。だが同時に、お絹が実家に帰っておらず、行方知れずになっていてくれとも思った。

お絹は実家に戻っていた。

城下の薬種問屋から高価な朝鮮人参を買い、両親のために蒲団を揃えた。狭い城下では目立つ行為といえた。

お絹は、妾奉公で懸命に稼いだ金を年老いた両親のために使っていた。

倫太郎はお絹の実家に向かい、牛久沼の湖畔を進んだ。

古く小さなお絹の実家が、行く手に繁る葦《あし》の陰に見えた。そして、畔に女が佇み、牛久沼を見つめていた。

お絹だった。

倫太郎は立ち止まった。

お絹の牛久沼を見つめる眼差しは涙に濡れ、その足はゆっくりと沼に進んで水に触れた。

死ぬ気か……。

倫太郎は動揺した。

お絹は倫太郎に気付き、涙に濡れた眼差しを向けた。

「妻恋町のお絹さんだね」

倫太郎は動揺を治められず、声を微かに上擦《うわず》らせた。

お絹は、安心したように小さな笑みを浮かべて頷いた。

「町方の旦那ですか」

「いいや、違う。お澄の神隠しを調べている者だよ」

お絹は戸惑いを見せた。

「お絹さん、どうしてお澄と清吉を手に掛けたんだ」

倫太郎は静かに尋ねた。

「お侍さんには分かりませんよ」

お絹は淋しげに笑った。

「辛く哀しい暮らしをしてきた自分と、余りにも違うからか」

お絹の淋しげな眼が、微かに光り輝いた。

「なに不自由のない家に生まれ、面白おかしく自堕落に暮らしているお澄と清吉が憎くなったのか」

倫太郎は尚も尋ねた。

お絹は牛久沼を眺めた。

牛久沼は美しく輝いていた。

「お侍さん……」

お絹の声は涙に濡れていた。

「なんだ……」

「お澄さん、若旦那に聞いて私の処に来たんです」

「清吉に聞いてきた……」

倫太郎は驚いた。

「ええ……」

お絹は悔しげに頷いた。

清吉はお澄に自分と同じ臭いを嗅《か》ぎ、お絹を抱えていることを面白おかしく自慢げに話したのだろう。そして、お澄はお絹の顔を見に訪れたのだ。

「四人の男に抱かれて金を稼ぐなんて、羨ましい身の上だと……。もっともらしい顔をして私を馬鹿にしたんですよ」

倫太郎に言葉はなかった。

「私だって好きで女郎になり、妾稼業をしているわけじゃない。好きで何人もの男に抱かれているんじゃあない。それなのに……。私は憎くなったんです。なに不自由もなく生まれ育っていながら自堕落に暮らし、祝言をあげてからも、好き勝手に出来る。それに較《くら》べて私は……。そう思ったら憎くなった。私はお澄さんが憎くなったんです」

お絹の頬に涙が伝った。

「それで、お澄を手に掛けたのか……」

お絹は頷いた。

「気がついたらお澄さんの首を扱きで絞めていた。泣きながら夢中で……」

お絹はお澄を殺した。

倫太郎はお絹を憐《あわ》れんだ。

「その時、婆やのお甲はどうしていたのだ」

「お甲さんは、黙って庭の桜の木の下に穴を掘ってくれました」

お甲は、お絹の気持ちが痛いほどよく分かったのだろう。

「そして、二人でお澄の死体を埋めたんだね」

「はい……」

幸いなことに、お澄がお絹の家を訪れたのを知る者はいなく、世間は神隠しに遭ったと噂した。

「でも、若旦那は違いました……」

清吉は、お澄がお絹の家を訪れたと睨んだ。そして、お絹の家を訪れ、それとなく探りを入れてきた。

お絹は動揺した。

清吉は嘲笑を浮かべた。そして、生涯つきまとってやると楽しげに云い放った。

清吉にとって、お澄は形ばかりの許婚であり、家同士のものでしかないのだ。

清吉もお澄と同じだ……。

お絹はそんな男に抱かれ、身体を玩具《おもちゃ》にされてきた自分が惨めでならなかった。

お絹は身体中が熱くなった。そして、我に返った時、清吉の胸に深々と火箸を突き刺していた。

婆やのお甲は、お絹に逃げることを勧めた。

悪いのはお澄と若旦那なのだと……。

お絹は躊躇った。

幾ら逃げても必ず捕まり、世間の好奇の眼にさらされた挙句、獄門台に送られるのだ。

自害……。

お絹の脳裏に〝自害〟の二文字が過《よ》ぎった。

自害するなら、身を粉《こ》にして貯めた金を年老いた二親に渡してからだ。婆やのお甲はそう諭した。

お絹はお甲の勧めを受け入れた。

牛久沼の煌めきに夕陽が滲んできた。

お絹の涙は乾いていた。

「どうして人は、みんな同じに生まれないのかしら……」

「お絹さん……」

「どうして生まれによって幸せだったり、不幸せだったりするんでしょう」

お絹はすでに生きる望みを棄てたのか、淡々と語った。

「お侍さん、私をどうします」

「どうもしない」

倫太郎からお絹を捕える気は失《う》せていた。

「じゃあ、好き勝手にさせて貰いますよ」

お絹は微笑んだ。

凄絶《せいぜつ》なまでに美しい笑顔だった。

お絹は、夕陽に輝く牛久沼にゆっくりと入って行く。

倫太郎は黙って見送った。

夕陽に赤く輝く牛久沼は、お絹を静かに迎え入れていた。

倫太郎は立ち尽くした。

「倫太郎さん……」

鶴次郎が、血相を変えて駆け寄って来た。

「あの女、お絹じゃあないのですか」

鶴次郎は、沈んでいくお絹を指差した。

「鶴次郎さん、お絹はお澄と清吉を殺したことを認めました」

「だったら……」

「そして今、お絹さんは神隠しに遭い、この世から消えていきます」

「神隠し……」

お絹は牛久沼に消え、小波が走った。

「はい。神隠しです」

倫太郎の声に涙が滲んだ。

牛久沼は夕陽に赤く染まった。


お絹の死により、お澄と清吉殺しは終わった。

一月後、『夏は陽炎神隠し』という題名の黄表紙が地本問屋『鶴喜』から出版された。

そこには、妾稼業の女が、許せない男女を無我夢中で殺め、神隠しで消え去って行く姿が哀しく描かれていた。因みに戯作者は〝閻魔亭居候〟と記されていた。

暑い夏は続き、陽炎は揺れた……。

第三話　秋は泡沫

一

紅葉《もみじ》は小刻みに揺れ、ゆっくりと川を流れていった。

女は、もう何枚の紅葉を流したのか……。

倫太郎は女が気になった。

「どうした。倫太郎」

伯父の大久保忠左衛門が、庭を見ていた倫太郎に怪訝な眼を向けた。

「いえ。別に……」

倫太郎は、慌てて庭越しに見える境内から視線を寺の座敷に戻した。

忠左衛門の娘の結衣が、箸を手にしたまま悪戯っぽく笑った。

「結衣……」

忠左衛門の妻の加代が眉を顰めた。

大久保家の先代の法要も終わり、倫太郎は忠左衛門・加代夫婦や娘の結衣と住職に招かれ斎《とき》をとっていた。

庭の外には境内が広がり、小川が流れている。女はその小川の傍にしゃがみ、紅葉を流していたのだ。

倫太郎は気になった。

三十歳前後の女は、参拝に来る男たちにちらりと視線を送っては紅葉を流した。

男を待っている……。

倫太郎はそう思った。

「それで忠左衛門どの。倫太郎どのと結衣どのの祝言はいつですかな」

住職の了海が、僅かな酒に染まった眼を向けた。

倫太郎と結衣は驚き、思わず顔を見合わせた。

「さあて、いつになるやら」

忠左衛門は、憮然《ぶぜん》とした面持ちで倫太郎を一瞥した。

「なにしろ無芸大食。無駄飯食いの居候。もう少し武士としての心得を磨かなければ、とても大久保の家は預けられぬ」

倫太郎は呆気《あっけ》にとられた。

結衣と祝言をあげる……。

倫太郎にとって結衣は妹のような存在であり、一度として女として見たことがなかった。

俺が結衣の婿になり、大久保家の家督を継ぐ……。

倫太郎は戸惑った。

その時、結衣が可笑《おか》しさを堪えきれずに笑い出した。

「なんですか結衣、はしたない」

加代が慌ててたしなめた。

「ですがお母上。私と倫太郎さんが祝言をあげるなんて……」

結衣は笑い転げた。

「ねえ、倫太郎さん。可笑しいわよね」

「う、うん……」

倫太郎は困惑した。結衣の眼中に、自分が男として存在していないのを喜んでいいのか、悪いのか。

「倫太郎」

忠左衛門の厳しい一喝が飛んだ。

「はい」

倫太郎は思わず姿勢を正した。

「お前が草双紙などにうつつを抜かしているから結衣に侮《あなど》られ、笑われるのだ。恥を知れ、恥を」

忠左衛門の苛立《いらだ》ちの鉾先《ほこさき》は、何故か倫太郎に向かった。

「はあ。申し訳ありません」

倫太郎は首を捻りながらも、とりあえず謝った。

やがて了海が座を立ち、斎は終わった。

倫太郎は庭越しに境内を見た。

紅葉を流していた女は、既に立ち去っていた。

倫太郎は、忠左衛門・加代夫婦や結衣と一緒に神谷町の大明寺を出た。

四人は愛宕下《あたごした》から大名小路に抜け、東海道を上った。そして、新橋を渡って八丁堀に向かった。

京橋川に架かる京橋に差し掛かった時、行く手から女の悲鳴があがった。

「倫太郎」

忠左衛門が叫んだ時、倫太郎と結衣はすでに走り出していた。

外濠から続く京橋川は楓川と交差し、八丁堀に繋がる。

京橋の上には大勢の通行人が集まり、川面《かわも》を見下ろして指差していた。

「どうした」

倫太郎が駆け込んだ。

「身投げです。身投げ」

橋詰で店を広げていた七味唐辛子売りの女が、京橋川を流れていく女を指差した。

「倫太郎さん」

「うん」

倫太郎は、両刀を抜いて結衣に預け、京橋川に飛び込んだ。

女は意識を失っていた。

倫太郎は女を抱き、必死に岸辺に泳いだ。

結衣や忠左衛門が、岸辺伝いに追って来ていた。

「倫太郎さん、しっかり」

「倫太郎、もう少しだ」

結衣と忠左衛門が、声をからして励ました。

倫太郎はようやく岸辺に着いた。忠左衛門と通行人たちが女と倫太郎を岸に引き上げた。

「でかした倫太郎。女を自身番に運べ。誰か医者を呼んで来てくれ」

忠左衛門は、倫太郎と野次馬に指示をした。

倫太郎は、女を背負って自身番に走った。


女は、自身番の奥の三畳の板の間で駆け付けた医者の手当てを受け、辛うじて命をとりとめた。


「良かったわね」

結衣が微笑んだ。

「うん……」

倫太郎は下帯一本になり、番人の貸してくれた半纏を羽織っていた。そして、倫太郎は身投げ女が大明寺境内の小川に紅葉を流していた女だと気がついた。

「でも、どうして身投げなんかしたんだろう」

「きっと辛いことがあったんだろう」

倫太郎は、小川に紅葉を流す女の姿を思い出した。

「もう大丈夫だろう。帰るぞ」

大家や店番と三畳間にいた忠左衛門が、板の間に顔を出した。

「はい」

結衣と倫太郎は、返事をして立ち上がった。


大久保屋敷は、山王薬師堂の傍の八丁堀御組屋敷街にあった。

倫太郎は、先に帰っていた伯母の加代に濡れた着物と袴を渡し、手早く着替えた。そして、密かに屋敷を出て京橋の自身番に戻った。

身投げ女が気になった。だが、忠左衛門や結衣に知られると、なにを云われるか分かったものではない。倫太郎は京橋に急いだ。

京橋の自身番に身投げ女はいなかった。

「あの女なら具合が良くなったと云い、家に帰りましたよ」

自身番の番人が答えた。

「あの人、何処の誰なんですか」

「清水雪乃《しみずゆきの》さんと仰いましてね。木挽町《こびきちょう》一丁目の元兵衛長屋に住んでいるそうですよ」

「清水雪乃……」

身投げ女は武家の妻女だった。

「ええ……」

「で、身投げをしたわけ、話しましたか」

「いいえ。勘弁してくれと……」

雪乃は身投げの理由を云わず、自身番から立ち去っていた。

「お助け下さったのは、北の御番所の与力大久保忠左衛門さまとご家族の方だと教えておきましたので、きっとお礼にお伺いするでしょう」

番人は告げた。

「そうかな……」

雪乃は、身投げをして死のうとした。大久保忠左衛門と家族は、その邪魔をしただけだ。礼など云いたくないはずだ。

「雪乃さんの住まいは、木挽町一丁目の元兵衛長屋ですね」

木挽町一丁目は、京橋の自身番から遠くはない。

「はい」

倫太郎は京橋の自身番を後にし、木挽町に向かった。

身投げが失敗して死神が落ちれば良いが、まだ憑《つ》いていたなら雪乃は再び自害をしようとするかも知れない。

倫太郎に微かな不安が湧いていた。

倫太郎は、三十間堀に架かる紀伊国《きのくに》橋を渡り、木挽町一丁目に入った。

木挽町一丁目には船宿が多い。倫太郎は裏通りに入り、元兵衛長屋を探した。

元兵衛長屋は三十間堀を背にして建っていた。倫太郎は、木戸口から長屋を窺った。

着替えた雪乃が、井戸端で濡れた着物を洗っていた。

無事だ……。

倫太郎は、木戸口から雪乃の様子を窺った。

雪乃は着物を洗い終え、長屋の一番奥の家に入っていった。

倫太郎は、周辺にそれとなく聞き込みを掛けた。

雪乃は長患《ながわずら》いの夫・清水幸之助《こうのすけ》と二人暮らしだった。幸之助はある大名家の江戸詰の家来だったが、酒に酔って同輩と喧嘩《けんか》をし、背骨を負傷して寝たきりとなってしまった。そして、大名家を追い出され、元兵衛長屋に住み着いた。

以来、雪乃は仕立物を請負い、大店の娘などに手習いや礼儀作法を教え、病の夫との暮らしを支えて来た。

寝たきりの夫の介護をし、暮らしの費《つい》えを稼ぐ雪乃の辛く厳しい情況は、既に四年も続いていた。
長屋の住人たちに、寝たきりの雪乃の夫の顔を知る者はいなかった。
身投げをしたくなるか……。
倫太郎は、少なからず雪乃に同情した。
だが、雪乃は神谷町大明寺の境内で紅葉を小川に流し、誰かを待っていた。
誰を待っていたのだ……。
倫太郎がそう思った時、脳裏に男の影が過ぎった。
夫以外の男……。
雪乃は、夫以外の男を待っていたのだ。
倫太郎は何故かそう思った。
雪乃の家は静まり返り、薬湯のなんともいえぬ臭いが洩れているだけだった。
その夜、倫太郎が思った通り、雪乃は礼を云いに訪れはしなかった。
翌日、倫太郎は再び元兵衛長屋を訪れようと、御組屋敷街を抜けて八丁堀に出た。
八丁堀の岸辺に人が集まり、南町奉行所の役人たちが出張《でば》っていた。
なにかがあった……。

倫太郎は、集まっている人々の背中越しに覗いた。

男の土左衛門が、町方の手によって八丁堀から引き上げられていた。

男は髪を伸ばし、蒼白な顔は無精髭《ぶしょうひげ》に包まれ、はだけた寝巻きの絡みつく身体は痩せ細っていた。

「倫太郎さん……」

鶴次郎が背後に現れた。

「土左衛門ですか」

「いえ。どうも首を絞められているようです」

月番は南町奉行所だ。鶴次郎が旦那としているのは、北町奉行所臨時廻り同心白縫半兵衛だ。だが、南町奉行所に伝手《つて》もあれば、知り合いもいる。

「じゃあ殺されてから、八丁堀に棄てられたのですか」

「きっと。下手人、死体が江戸湊に流されると思って棄てたんでしょうが、棒杭《ぼうぐい》に引っ掛かった。そんなところでしょう」

鶴次郎はそう睨んで見せた。

「で、仏さん、何処の誰か分かったんですか」

「そいつはこれからです。で、倫太郎さんは何処に行くんですか」

「うん。ちょいと気になる人がいてね……」

倫太郎は、鶴次郎に雪乃の事を話して聞かせた。

「へえー、身投げをした女ですか」

鶴次郎は雪乃に興味を持った。

「それで、どうしているか見に行くところだったんだよ」

「じゃあお供しますぜ」

倫太郎は鶴次郎と連れ立ち、木挽町一丁目の元兵衛長屋に向かった。


雪乃は出掛けており、家には寝たきりの夫・清水幸之助が、薄暗く狭い部屋で薬湯の臭いに包まれて寝ているだけだった。

「奥方さん、何処に行ったんでしょうね」

鶴次郎は首を捻った。

「きっと仕事かな……」

「仕事ねえ」

「うん。大店の娘に手習いや礼儀作法を教えているそうです」

「病人を抱えていちゃあ、金は幾らあっても足りませんか」

「うん。それとも……」

倫太郎は、小川に紅葉を流して誰かを待っている雪乃を思い出した。

「紅葉を流して誰かを待っていましたか……」

「ええ。私にはそう見えました」

「行ってみますか」

鶴次郎は身を乗り出した。

二人は神谷町大明寺に向かった。だが、大明寺の境内に雪乃はいなかった。

倫太郎と鶴次郎は、大明寺門前の茶店で茶を頼んだ。

境内の枯葉は音もなく散っている。

「おう。鶴次郎じゃあねえか」

中年の男が声を掛けて来た。

「こりゃあ神明の兄貴……」

鶴次郎は立ち上がり、神明の兄貴と呼んだ男に挨拶した。

「兄貴、こちらは夏目倫太郎さんと仰って、北町奉行所与力の大久保さまの甥っ子さんです。

倫太郎さん、こちらは南の旦那から手札をいただいている神明の平七《へいしち》親分と子分の庄太《しょうた》です」

「こいつは失礼致しました。あっしは神明の平七。こっちは庄太です」

「夏目倫太郎です」

倫太郎と平七、そして庄太が挨拶を交わした。

神明の平七は、白縫半兵衛から手札を貰っている半次や鶴次郎の子供の頃からの兄貴分であり、飯倉神明宮の門前で『鶴や』という茶店を営んでいた。

「で、兄貴は今、何を……」

「そいつが、最近、溜池《ためいけ》の辺りに辻斬《つじぎ》り強盗が出てな」

「辻斬り強盗ですか」

「ああ。しばらく鳴りを潜めていたんだが、一昨日の夜、久し振りに現れやがってな。大きな声じゃあ云えねえが、あるお大名家の御重役が溜池の傍で袈裟《けさ》懸《が》けの一太刀《ひとたち》。懐の紙入れが奪われた」

神谷町から愛宕下に掛けては、大名家の江戸上屋敷が甍《いらか》を連ねていた。

辻斬り強盗は、そうした大名家の武士たちを襲い、金を奪っているのだ。

「袈裟懸けの一太刀ですか……」

「ええ。見事にばっさりですよ」

「かなりの遣い手ですね」

倫太郎は感心した。

「ええ。ですが、襲われるのは、いつもお大名家のお侍。外聞《がいぶん》を気にして何もかも内密にってことでして……」

「おまけに大名家は町奉行所の支配違い。面倒ですね」

鶴次郎が同情した。

「ああ。だが、秋山さまが悪党を捕えるのに、遠慮は無用だと仰ってな」

平七は苦笑した。

秋山久蔵は、権力者や金持ちに媚び諂《へつら》わず、〝剃刀久蔵《かみそり》〟と悪党に恐れられる南町奉行所与力だ。

「秋山さまですか、面白そうな方ですね」

倫太郎は、秋山久蔵に逢ってみたくなった。

「それで兄貴。その辻斬り強盗、何か手掛かりがあるのですか」

「浪人者だってことだけだ」

「浪人ですか……」

「ええ。秋山さまの睨みじゃあ大名家に恨みを持つ浪人。たとえば大名の家来だったが、今は追放されて浪人になった野郎じゃあないかと……」

　大名家を追い出されて浪人した武士……。

　倫太郎は、雪乃の夫・清水幸之助を思い出した。だが、清水幸之助は背骨を傷つけ、寝たきりの病人だ。

「分かりました。あっしもそれらしい浪人がいねえか、気にしておきます」

「うん。頼んだぜ。じゃあ、倫太郎さん」

「はい。平七親分、下手人は凄腕《すごうで》です、気をつけて下さい」

　倫太郎は、平七と庄太の身を心配した。

「畏れ入ります。じゃあ……」

　平七は、子分の庄太を従えて溜池の方に立ち去った。

「大名の家来を狙う辻斬り強盗か……」

「さあて、どうします」

「帰りますか……」

「じゃあ、木挽町辺りで一杯やりましょうぜ」

　鶴次郎は、倫太郎を誘った。

「いいですねえ」

倫太郎と鶴次郎は、肩を並べて木挽町に戻った。

木挽町の居酒屋は、日暮れ前から混みあっていた。

倫太郎と鶴次郎は、空いたばかりの隅の席にどうにかに落ち着いた。

客たちはその日の仕事を無事に終え、僅かな給金で賑やかに酒を楽しんでいる。

倫太郎と鶴次郎も、客たちと一緒になって酒を楽しんだ。

「おう、やっぱりここだったか、鶴次郎」

岡っ引の半次が入って来た。

「倫太郎さんも御一緒でしたか」

「うん。お先に……」

倫太郎は猪口を掲げて見せた。

「親父、俺にも酒をくれ」

半次は店の親父に酒を注文し、とりあえず鶴次郎の酒を飲み始めた。

「親分、今日は何を調べていたんですか」

倫太郎は興味津々で尋ねた。

「そいつが、八丁堀に浮かんだ仏さんの身許でしてね」

「ああ。首を絞めて殺されてから、八丁堀に放り込まれたって仏さんですか」

「ええ……」

「で、分かったんですか身許」

倫太郎は身を乗り出した。

「そいつが皆目……」

半次は手酌で酒を飲み干した。

「分からねえのかい」

「ああ。何処からも仏らしい男が行方知れずになったって届けがなくてな」

「へえ……」

倫太郎と鶴次郎は思わず顔を見合わせた。

「それから妙なんですよね、仏さん」

「妙……」

「ええ。仏さん、どうも病だったようなんです」

「病……」

倫太郎は、仏の無精髭と寝巻きの絡みついた肋骨《ろっこつ》の浮いた身体を思い出した。

「痩せた身体の背中や尻にただれがあり、脚の筋も弱くて細過ぎるんですよ」

「ってことは、長の患いで寝たっきりだったのかな」

尚更、清水幸之助と似てきた。

倫太郎は言葉を失った。

「きっとそうじゃあないかと……」

半次は眉を曇らせた。

「じゃあ何か、寝たっきりの病人が首を絞められ、八丁堀に棄てられたってのか」

鶴次郎が酒を啜った。

「ああ。長患いで寝たっきりの病人の看病が厭になり、首を絞めちまった。そして、死骸を海に続く八丁堀に棄てた。違うかな」

半次はそう読んで見せた。

「半兵衛の旦那はどう見ているんだい」

「月番は南の御番所だ。半兵衛の旦那は関わっちゃあいねえ」

「そうだったな。じゃあ……」

「ああ。柳橋の弥平次親分の手伝いだ」

半次と鶴次郎、そして神明の平七たちは、岡っ引の柳橋の弥平次と深い繋がりを持ち、互いに助け合って事件に当たる仲だった。

倫太郎は言葉を失ったままだった。

「倫太郎さん、どうかしましたか」

鶴次郎が、黙っている倫太郎を怪訝そうに見た。

「あっ。いや、別に……」

倫太郎は我に返った。

清水幸之助は、今日も元兵衛長屋の家で寝ていた。仏が清水幸之助であるはずはない。

だが……。

倫太郎に浮かんだ疑惑は、何故か容易に消えはしなかった。

二

大久保家の庭の木々の葉も枯れ落ち、秋は次第に深まっていた。

倫太郎は朝飯を手早く済ませ、木挽町の元兵衛長屋に向かった。

雪乃が気になる……。

倫太郎は楓川沿いの道を急いだ。

元兵衛長屋は、仕事に出かける亭主たちと見送るおかみさんや子供で賑わっていた。そして、亭主たちが出掛けると、おかみさんたちがひとしきりお喋《しゃべ》りに花を咲かせ、子供たちは駆けずり廻る。

倫太郎は木戸口から様子を窺った。

おかみさんと子供たちが家に引き取り、元兵衛長屋はようやく静かになった。

倫太郎は吐息を洩らした。

静かになったのを見計らったように奥の家の腰高障子が開き、雪乃が風呂敷包みを抱えて出て来た。

出掛ける……。

倫太郎は咄嗟に木戸に隠れた。

雪乃は足早に出掛けた。

倫太郎は追った。

元兵衛長屋を出た雪乃は、三十間堀に架かる紀伊国橋を渡って京橋に向かった。

倫太郎は尾行した。

雪乃は歩きながらいきなり振り返った。倫太郎は思わず立ち止まり掛けたが、辛うじて歩き続けた。

雪乃は、何事もなかったかのように歩き続けた。

倫太郎は、雪乃が自分の顔を知らないのを思い出した。

倫太郎にしてみれば、大明寺の境内と身投げをした時、雪乃の顔は二度見ている。だが、雪乃にしてみれば、境内では意識の外であり、二度目は気を失っていたのだ。倫太郎の顔を知っているわけはなかった。

雪乃は倫太郎に何の不審も抱かず、京橋を渡って日本橋通りを進んだ。連なる店は大戸を開け、丁稚や女中が掃除を急いでいた。

「お早うございます」

「あっ、お早うございます。お師匠さま」

「松吉《まつきち》さんも後で来るんですよ」

「はい」

雪乃は、呉服屋『菱屋』の表を掃除していた丁稚に声を掛け、店の裏口に通じる路地に入って行った。

倫太郎は見送り、丁稚に近付いた。

「お早う」

倫太郎は明るく声を掛けた。

「お早うございます」

丁稚は、倫太郎に怪訝な眼差しを向けながらも丁寧に答えた。

「今の女、吉原にいた小紫かい」

「違います。うちのお嬢さまたちや手前どもの手習いのお師匠さまです」

丁稚は口を尖《とが》らせた。

「そうか、人違いか。邪魔したな」

倫太郎は、苦笑しながら『菱屋』の前から離れた。

丁稚は、立ち去る倫太郎を睨みつけた。

倫太郎は、丁稚の眼から逃れるように路地に入った。

雪乃は、朝から大店の子弟や奉公人に手習いを教えに来ていた。

不審なところはない……。

倫太郎はそう思った。だが、今ひとつ納得出来ないものを感じていた。

何が納得出来ないのか……。

倫太郎は思いを巡らせたが、答えを見出《みいだ》すことは出来なかった。

初老の武士の斬殺《ざんさつ》死体が、溜池傍の馬場から発見された。

辻斬り強盗……。

神明の平七と庄太は、現場に急いだ。

現場には、辻番の番士や小者たちが集まっていた。

辻番とは、町方の自身番に相当する武家のものである。一帯には大名の江戸屋敷が甍を連ねており、各大名家から出された者が辻番の番士として詰めていた。

初老の武士の死体を発見したのは、辻番詰が終わって藩邸に帰る途中の番士だった。

「御苦労さまにございます」

平七は身分を告げ、初老の武士の死体を検めた。

初老の武士は、刀を抜かずに斬り殺されていた。

面倒だな……。

平七の直感が囁いた。

武士は、刀を抜き合わせずに斬り殺されるのを恥辱とした。その死は病死などとして内密に始末するのが普通だ。つまり、殺人事件としては闇に葬られるのだ。

「平七親分」

南町奉行所定町廻り同心の神崎和馬が、駆け付けて来た。

「御苦労さまです」

「どうだ……」

「はい。袈裟懸けの一太刀。財布が抜かれています」

「今までと同じ辻斬り強盗か」

「おそらく間違いないでしょう」

平七は頷いた。

「これで四件目か……」

和馬の脳裏に、秋山久蔵の厳しい顔が過ぎった。

「それでお侍さま。仏さんが何処のどなたかご存じですか」

平七は番士に尋ねた。

「うむ。今、一帯の大名屋敷に小者《こもの》を走らせている。間もなく分かるだろう」

番士は、憮然とした面持ちを見せた。

数人の大名家の家来と小者が、血相を変えて駆け寄って来た。

「斉藤さま……」

駆け寄って来た大名家の家来が息を飲んだ。

殺された初老の武士は、やはり大名の家来だった。

和馬と平七は顔を見合わせた。

駆け付けて来た大名家の家来と小者たちは、斉藤という名の初老の武士の斬殺死体を引き取る仕度を始めた。

平七は密かに舌打ちをした。

「和馬の旦那」

「うん」

和馬は進み出た。

「私は南町奉行所同心神崎和馬。仏さんの身許を教えていただこう」

「仏は卒中での頓死《とんし》。支配違いの町奉行所の口出しは無用に願いたい」

大名家の家来は、硬い口調で云い放った。

「ふん。何が卒中での頓死だ」

和馬は鼻の先で笑った。

「お前さんたちが何処の大名家の者か、調べりゃあすぐに分かることだ。分かったらせいぜい言い触らしてやるぜ。刀を抜きもしないで辻斬り強盗に斬られ、財布を奪われた臆病者の家来のいる大名家があるってな」

和馬は開き直った。

「お、お主《ぬし》……」

大名家の家来は怯えた。

「行くぜ」

和馬は平七と庄太を促した。

「待ってくれ」

「支配違いに何か用か」

和馬は皮肉に笑った。

「我らは田村家江戸上屋敷の者。仏は上屋敷お納戸頭斉藤重蔵さま。昨夜、お出掛けになったまま戻らないので心配していた」

田村家の家来は項垂れた。

「相分かった。引き取られるがいい」

「では……」

田村家の家来たちは、戸板に斉藤重蔵の遺体を乗せて運び去った。

和馬と平七たちは、手を合わせて見送った。

田村家は奥州一関藩三万石の大名であり、その上屋敷は播州赤穂藩の浅野内匠頭が切腹した処である。

「やれやれ、まったく面倒なもんだ」

和馬は溜息を洩らした。

「それにしても和馬の旦那」

平七は苦笑した。

「なんだい」

「秋山さまに似てきやしたね」

「まさか、あんな恐ろしいお人に似てたまるもんか」

和馬は真顔で震えた。


元兵衛長屋に秋風が冷たく吹き抜けた。

秋が深まるにつれ、おかみさんたちのお喋りと子供たちの遊ぶ声は少なくなる。

倫太郎は木戸口に潜み、雪乃が動くのを待った。

雪乃は呉服屋『菱屋』での手習い教授を終え、まっすぐ元兵衛長屋に戻った。倫太郎は再び見張りについていた。そして、小半刻が過ぎた頃、雪乃は再び家を出た。

雪乃は風呂敷包みを抱え、足早に木戸を潜って出て行った。その時、倫太郎は、眼の前を通り過ぎて行く雪乃から伽羅《きゃら》香《こう》の香りを嗅いだ。

伽羅香……。

倫太郎は戸惑った。

いつもなら薬湯の強い臭いを漂わせている雪乃から伽羅香の香りがしたのだ。

倫太郎は、雪乃の家に素早く近付き、中に亭主の清水幸之助がいるかどうか窺った。人のいる気配が微かにした。

清水幸之助はいる……。

倫太郎は身を翻し、雪乃を追って三十間堀沿いの道に出た。そして、三十間堀に架かる紀伊国橋の袂から辺りに雪乃の姿を探した。だが、雪乃の姿は既に見えなくなっていた。

見失った……。

倫太郎は息を弾ませた。その時、倫太郎は気がついた。家の表にまで漂っていた薬湯の臭いが、薄れていたのに気がついたのだ。

雪乃の伽羅香の香り。そして、薄れた薬湯の臭い。

妙だ……。

倫太郎の戸惑いは、次第に疑惑に膨《ふく》れあがっていった。

「清水幸之助さんですか……」

鶴次郎は眉を顰めた。

「ええ。雪乃さんの亭主ですが、昔、奉公していた大名家が何処か知りたいのです」

倫太郎は身を乗り出した。

「知ってどうするんです」

「鶴次郎さん。清水幸之助は、同輩と喧嘩をして背中の骨を傷つけ、寝たきりになってしまい、大名家を追い出されました。その辺のところが妙に気になるんです」

倫太郎は、湧きあがった疑惑を語った。

「分かりました。調べてみましょう」

鶴次郎は引き受けた。

「それで鶴次郎さん、辻斬り強盗、どうなりました」

「そいつが昨夜も現れましたよ」

「昨夜も……」

「ええ……」

「襲われたのは……」

「近くの大名家の家来だそうです」

「平七親分も大変ですね」

「ええ。相手は町奉行所の支配違いの大名家、いろいろ面倒だって話ですよ」

「でしょうね……」

倫太郎は、神明の平七たちに同情した。

鶴次郎は元兵衛長屋の大家を訪れ、清水幸之助の詳しい情報を探った。だが、奉公していた大名家は、愛宕下大名小路に屋敷を構えているというだけで名は分からなかった。

愛宕下大名小路……。

清水幸之助は、愛宕下大名小路に屋敷を構える大名家に奉公していた。鶴次郎は微かな手掛かりを摑んだ。

愛宕下大名小路は辻斬り強盗の出没する溜池に近く、神明の平七の地元といえた。

平七の兄貴なら何か知っているかも知れない……。

鶴次郎は、木挽町一丁目元兵衛長屋の大家に礼を云い、飯倉神明宮に向かった。

飯倉神明宮門前の茶店『鶴や』が、平七の家だった。

茶店『鶴や』は、神明宮の参拝客で賑わっていた。

「ご無沙汰しました、姐《あね》さん」

鶴次郎は、平七の女房で『鶴や』を切り盛りしているお袖《そで》に挨拶をした。

「あら、珍しいわね。鶴次郎さん」

「へい。平七の兄貴、いますか」

「ええ。さっき帰ってきましたよ。どうぞ」

お袖は奥に通るように促した。

「じゃあ、お邪魔します」

鶴次郎は『鶴や』の奥に入り、障子の外から居間に声を掛けた。

「おう。鶴次郎か、入りな」

平七は、鶴次郎を居間に招き入れた。

鶴次郎は、長火鉢を挟んで平七と向かいあった。

「どうしたい」

平七は、鶴次郎に茶を淹《い》れて勧めた。

「へい。ちょいと訊きたいことがありましてね……」

鶴次郎は、家来同士が喧嘩をし、その一人が寝たきりになる怪我をして奉公構いになった大名家を知らないか尋ねた。

「ああ、そいつなら一関藩田村右京太夫さまの御家中の話だぜ」

「田村右京太夫さまのお屋敷ですか」

「確か五年前だったと思うが、そんな噂を聞いた覚えがあるな」

「で、喧嘩をした家来の名前は……」

「そこまでは聞いちゃあいねえ」

「そうですか……」

「鶴次郎、そいつがどうかしたのかい」

「へい。実は……」

鶴次郎は、事の顚末を平七に教えた。

「へえ、あの倫太郎さんが妙に気にしているのかい」

「ええ。それで兄貴に訊けば分かるだろうと思いましてね」

清水幸之助は、田村右京太夫の家来だった。

田村家……。

今朝、発見された辻斬り強盗の被害者が奉公していた大名家だった。

平七は妙な因縁《いんねん》を感じた。

「鶴次郎、噂が本当かどうか、これから田村家に確かめに行くのか」

「へい。そうしようかと……」

鶴次郎は腰を浮かせた。

「よし。だったら俺も一緒に行くぜ」


愛宕下大名小路に人気はなく静かだった。

鶴次郎と平七は、柳生対馬守《やぎゅうつしまのかみ》の屋敷を右に曲がり、一関藩江戸上屋敷に向かった。

奥州一関藩田村家江戸上屋敷の門は閉じられていた。

「どうします」

「ちょいと見張ってみるか……」

「構いませんが……」

鶴次郎と平七は、一関藩江戸上屋敷を見通せる処に身を潜めた。

「兄貴、一関藩に何か引っかかっているんですかい」

鶴次郎は、一関藩にこだわる平七に怪訝な眼差しを向けた。

「そいつがな。今朝、溜池のそばで見つかった仏さんな」

「へい……」

「この屋敷の侍だったんだよ」

「えっ。一関藩田村家の……」

「ああ。それで妙に気になってな」

平七は苦く笑った。

その時、一関藩江戸上屋敷の潜り戸が開き、一人の藩士が出て来た。

藩士は、溜池の傍で発見された仏を引き取りに来た者だった。

「行くぜ」

平七は藩士を追った。

鶴次郎は慌てて続いた。


藩士は、大名小路から外濠傍の久保丁原に抜けた。

「お武家さま……」

平七が呼び止めた。

藩士は振り向き、怪訝な面持ちで平七を見た。

「何か用か……」

「はい。今朝方、溜池の傍でお逢いした者にございます」

平七は、懐の十手を僅かに見せた。

「お主……」

藩士は、平七が斉藤重蔵の死骸を引き取りに行った時に居合わせた岡っ引だと気付いた。

「ちょいとお尋ねしたいことがありましてね。お手間は取らせません」

平七は人目を避け、藩士を久保丁原の明地《あきち》に誘った。

鶴次郎は続いた。

「何だ、尋ねたいこととは……」

藩士は緊張を浮かべた。

「いえね。確か五年前、御家中で御家来同士が喧嘩をして寝たっきりになったお方がおりましたね」

「清水幸之助殿か……」

雪乃の夫・清水幸之助は、やはり一関藩家中の武士だった。

「その時の喧嘩の相手、どなたですか」

鶴次郎が身を乗り出した。

「山岸又四郎《やまぎしまたしろう》殿だ」

藩士は五年前の話に気が緩んだのか、躊躇いも見せずに答えた。

「山岸又四郎さんですか」

「ああ……」

「それで、山岸又四郎さんは……」

「喧嘩両成敗で山岸殿も藩から追い出された」

「じゃあ、今何処にいるかは……」

「知らぬ」

「喧嘩の原因は……」

「分からぬ」

藩士は眉根を寄せた。

「そうですか……」

「山岸又四郎さん、剣術の方は如何《いかが》でしたか」

平七は尋ねた。

「それなりの遣い手だったが、五年の間にどうなったか……」

藩士は苛立ちを見せた。

これまでだ……。

平七は潮時を知った。

「いろいろありがとうございます。御造作《ごぞうさ》をお掛けいたしました」

平七は丁寧に礼を述べた。

鶴次郎も深々と頭を下げた。

「そうか。では……」

藩士は安堵《あんど》を浮かべて立ち去ろうとした。

「あっ。あっしは神明の平七と申します。お侍さまは……」

「片平新之助《かたひらしんのすけ》だ」

藩士は己の名を云い残し、足早に明地を出て行った。

「山岸又四郎か……」

「兄貴……」

「藩を追い出された恨みってやつかも知れねえ……」

平七は厳しい面持ちで告げた。

三

申《さる》の刻七つ半（午後五時）。

職人たちの仕事仕舞いの時刻、秋の陽は既に沈んでいる。

倫太郎は元兵衛長屋の木戸の暗がりに潜み、雪乃が帰って来るのを待っていた。

倫太郎は鶴次郎に逢った後、雪乃を探して大明寺の境内に行ったりしてみた。だが、雪乃の姿は見えず、倫太郎は虚《むな》しく元兵衛長屋に戻るしかなかった。

雪乃の住んでいる奥の家に小さな明かりが灯《とも》った。

倫太郎は小さく動揺した。

明かりを灯すのは、寝たきりの亭主に出来ることではない。

雪乃は、いつの間にか帰って来ていたのだ。

倫太郎は意外な思いに駆られた。だが、探し歩いている間に帰って来たことは充分に考えられる。倫太郎は納得した。

長屋の亭主たちが家に帰って来る頃、鶴次郎が現れた。

「どうです。何か分かりましたか」

「そりゃあもう。ちょいと熱い蕎麦でも啜りながらにしませんかい」

鶴次郎は、吹き抜ける夜の秋風に身を縮めて見せた。

今夜はもう出掛けることはない……。

倫太郎は雪乃の動きをそう読み、鶴次郎と蕎麦屋に向かった。

貝柱の天麩羅《てんぷら》をのせた蕎麦は、倫太郎と鶴次郎の冷えた身体を温めてくれた。

鶴次郎は、蕎麦を美味そうに食べながら調べて来たことを倫太郎に告げた。

「奥州一関藩田村家の家臣でしたか……」

「ええ。で、喧嘩の相手は、清水幸之助さんと同じ納戸方を務めていた山岸又四郎って家来でしてね……」

「山岸又四郎ですか」

「ええ……」

鶴次郎は、山岸又四郎がその後、喧嘩両成敗で藩を追放され、行方知れずになったことを教えた。

「山岸又四郎、家族はいなかったんですか」

「奥方と子供が二人いたそうですが、離縁されて実家に戻ったそうですぜ」

浪人した山岸は、一人行方をくらました。

寝たきりになった清水幸之助と一家離散した山岸又四郎。倫太郎は、何が二人にそうさせたのか、原因を知りたかった。

「そいつが分からないのです」

鶴次郎は、蕎麦を食べ終えて出し汁を啜った。

二人の間に何があったのか……。

倫太郎は思いを巡らせた。

「その山岸又四郎ですがね。神明の平七親分は辻斬り強盗かも知れないと睨み、探し始めましたぜ」

「辻斬り強盗……」

倫太郎は少なからず驚いた。

「ええ。一関藩を追い出された恨み。そいつが高じて大名の家来を襲っている。そう睨んでいるんですよ」

「あり得ぬことではないですね」

「倫太郎さんもそう思いますか」

「逆恨《さかうら》みってのもありますし、人の抱えている恨みなど、他人には分かりませんからね」

倫太郎は蕎麦を食べ終えた。

「それで倫太郎さん、奥方が何処に行ったのか分かったんですかい」

鶴次郎は、小女《こおんな》に茶の差し替えを頼んだ。

「それが分からなくて、長屋に戻ってみたら既に帰って来ていましたよ」

倫太郎は苦笑した。

夜の秋風は次第に強くなり、蕎麦屋の腰高障子を鳴らした。

行燈《あんどん》の明かりは消えた。

雪乃は、粗末な薄い蒲団に身を横たえた。

男の骨ばった手が伸びてきて、雪乃の寝巻きの胸元をはだけた。

「お前さま……」

雪乃の声は掠れ、潤んでいた。

男の手は雪乃の乳房をつかみ、愛撫した。

雪乃は甘い吐息を洩らし、男の身体に縋りついた。

狭い部屋には、薬湯と伽羅の匂いが入り混じった奇妙な香りが漂っていた。


井戸の水も冷たくなり、秋は日毎《ひごと》に深まる。

倫太郎は房楊枝で歯を磨き、顔を洗った。

「はい。手拭」

「うん……」

倫太郎は、結衣が差し出してくれた手拭で濡れた顔を拭い、吐息をついた。

「それで倫太郎さんは、どうして雪乃って人が気になるのよ」

「どうしてって、寝たきりの亭主を抱えて紅葉を流したり、身投げをしたり、気になるだろう」

「そりゃあそうだけど……」

結衣は、納得できない面持ちを見せた。

「朝っぱらから庭先で何をしている」

濡縁《ぬれえん》に忠左衛門がいた。

「これは伯父上、お早うございます」

倫太郎は姿勢を正した。

「さっさと飯を食べろ」

「心得ております」

倫太郎は寝巻きを翻し、離れの自室に着替えに走った。

「結衣、如何《いか》に従兄であろうとも、朝から若い男に近付くでない」

忠左衛門は白髪《しらが》眉を顰め、足音を鳴らして居間に入って行った。

結衣は苦笑しながら見送り、倫太郎の部屋のある離れに向かった。

「ねっ。気になるわけ、もっと他にもあるんでしょう」

南町奉行所定廻り同心・神崎和馬と平七たちの辻斬り強盗探索は続いた。

「浪人ですか……」

平七は眉を顰めた。

「うん。一関藩田村家の斉藤重蔵が襲われたと思われる刻限に、汐留橋《しおどめ》の袂に店を出していた夜鳴蕎麦屋が見ているんだ」

和馬はのんびりと告げた。

「その浪人、溜池の方から来たのですか」

「うん。そして、汐留橋を渡って三十間堀沿いに去って行ったそうだ」

「三十間堀沿いですか……」

夜中、溜池から三十間堀に抜ける浪人など幾らでもいる。だが、平七は引っ掛かった。

「その浪人、どんな奴なんですかね」

「痩せていて粗末な着物を着ていたそうだが、何か気になるのか」

「はい。実は……」

平七は、清水幸之助と喧嘩をし、一関藩田村家を追放された山岸又四郎のことを話した。

「親分はその山岸が辻斬り強盗だと睨んでいるのか」

和馬は、平七の睨みの先を促した。

「はい。藩を追い出されたのを逆恨みし、大名家の家来を襲う。あっしにはそう思えてなりません」

「よし。じゃあ、山岸又四郎を探してみるか」

和馬は、平七の睨みに頷いた。

「はい」

平七は威勢のいい返事をした。


倫太郎の雪乃監視は続けられた。

雪乃は呉服屋『菱屋』の手習い教授、大店の娘への礼儀作法教授、そして仕立物をする毎日を几帳面《きちょうめん》に繰り返していた。不思議なことに紅葉を流した大明寺には、あれ以来一度として足を向けてはおらず、身投げをしたことすら忘れたかのようだった。

大明寺の境内のせせらぎに紅葉を流していたのは、誰かを待っている間のことだったのか。

そして、身投げをする必要はもうなくなったのか。

倫太郎は、雪乃の暮らしが奇妙に思えた。

雪乃の伽羅の香りは日毎に強くなり、薬湯の臭いは次第に薄れていった。

その夜、倫太郎は監視に飽き、三十間堀の傍にある居酒屋で酒を飲み、八丁堀の大久保屋敷に帰ることにした。

三十間堀の水面には青白い月が映り、風が冷たく吹き抜けていた。

倫太郎は夜道を急いだ。

三十間堀に架かる紀伊国橋に差し掛かった時、不意に横手の道から男が現れた。

倫太郎は思わず立ち止まった。

男は痩せた浪人で、立ち止まった倫太郎を嘲るように一瞥して擦れ違った。

倫太郎は衝撃を受け、狼狽した。

痩せた浪人は、伽羅の香りを微かに漂わせていたのだ。

伽羅の香り……。

雪乃と同じ香りだ。

倫太郎は立ち尽くし、去って行く痩せた浪人の動きに五感を集中した。

痩せた浪人は、足音を忍ばせるように立ち去って行く。

倫太郎は充分に間を取り、浪人を振り返って見た。

痩せた浪人は、吹き抜ける風に揺れるような足取りで汐留橋に向かって行く。

倫太郎は、暗がり伝いに浪人を追った。

痩せた浪人は、汐留橋を渡って外濠沿いに西に向かった。

倫太郎は尾行を続けた。

痩せた浪人は、新橋、中ノ橋、土橋の袂を抜けて尚も西に進んだ。このまま行けば溜池だ。

辻斬り強盗……。

倫太郎の脳裏に、〝辻斬り強盗〟の言葉が過ぎった。

痩せた浪人は武家屋敷街に入り、辻番を巧みに避けて溜池に近付いて行く。

倫太郎は慎重に尾行を続けた。

夜風は冷たさを増し、溜池が近いことを感じさせた。

痩せた浪人の行く手に提灯の明かりが浮かんだ。

倫太郎は緊張した。

提灯の明かりが近付き、持ち主が仕官をしている武士と見て取れた。

倫太郎は、痩せた浪人との距離を縮めた。

痩せた浪人は、変わらぬ足取りで進んだ。そして、提灯を手にした武士と擦れ違い掛けた時、刀を抜かんと僅かに腰を落とした。

刹那、倫太郎は叫んだ。

「逃げろ」

瘦せた浪人の刀が光芒《こうぼう》を放った。

武士は、悲鳴をあげて提灯を放り出し、その場に倒れた。

瘦せた浪人は、倫太郎が睨んだ通り辻斬り強盗だった。

倫太郎は猛然と走った。

辻斬り強盗は、怒りの一瞥を倫太郎に投げて暗がりに走った。

倫太郎は迷った。

辻斬り強盗を追うか、武士を助けるか……。

地面に落ちた提灯が燃え上がり、倒れた武士が苦しげに呻《うめ》いた。

「大丈夫か」

倫太郎は襲われた武士を選んだ。

「た、助けて……」

武士は半狂乱で助けを求めた。

倫太郎は、素早く武士の身体をみた。提灯を持っていた腕が僅かに斬られ、血を滲ませているだけだった。

「浅手だ。心配ない」

「だが、血が、血が……」

武士は無様なほどにうろたえ、怯えていた。

倫太郎は少なからず呆れた。

辻斬り強盗は、既に暗がりに姿を消していた。そして、倫太郎の叫び声と武士の悲鳴を聞いた辻番の侍たちが駆け寄って来た。

夜の武家屋敷街はにわかに騒がしくなった。


辻番の火鉢には、炭が真っ赤に熾《お》きていて、倫太郎には暑かった。辻斬り強盗の現場に遭遇した興奮は、容易に冷めることはなかった。

襲われた武士は、愛宕下大名小路に江戸上屋敷を構えている稲葉伊予守《いよのかみ》の家来だった。

諸大名家の家来たちが、一帯に辻斬り強盗を追った。

倫太郎は、辻番でその結果を待っていた。

「倫太郎さん」

岡っ引の神明の平七が、下っ引の庄太を連れて辻番に駆け込んで来た。

「やあ、平七親分、庄太」

「やっぱり倫太郎さんでしたか」

平七は苦笑した。

「若いお侍が、辻斬り強盗を防いだと聞きましてね。ひょっとしたらと思いまして……」

「流石は平七親分ですね」

「それで倫太郎さん、辻斬り強盗は浪人だってのは間違いありませんか」

「ええ。痩せた浪人です」

「やっぱりね」

平七は小さな笑みを浮かべた。

「それがどうかしましたか」

倫太郎は、平七に怪訝な眼差しを向けた。

「いえね。大きな声じゃあ云えませんが、辻斬り強盗が浪人なら、町方のあっしたちにも出番があるってもんでしてね」

平七は、密かな闘志を窺わせた。

「なるほど……」

倫太郎は、平七たちの苦労を察した。

「それより倫太郎さん、よろしければあっしの家で詳しいことを……」

平七は、辻番の侍たちを気にした。

大名家の家来たちが、辻斬り強盗を捕えた様子はない。辻斬り強盗は、おそらく逃げ切ったのだ。

もう辻番にいる必要はない……。

「分かりました」

倫太郎は、火鉢の前から立ち上がった。

酒は温かく胃の腑《ふ》に染み渡った。

「美味い……」

「こりゃあどうも……」

平七は、銚子の酒を倫太郎の猪口に満たした。

「よろしければ、どうぞ……」

平七の女房お袖が、鯊《はぜ》の甘露煮と里芋の煮物を出した。

「いただきます」

倫太郎は、遠慮なく鯊の甘露煮を頬張った。

「女房の手料理、お口に合えばよろしいんですが……」

「合うなんてもんじゃありませんよ」

倫太郎は里芋の煮物を食べた。

「お袖さん、とっても美味いです」

「ありがとうございます」

お袖は、倫太郎の屈託のなさに微笑んだ。

「親分、鶴次郎さんをお連れしました」

庄太と鶴次郎が入って来た。

「姐さん、夜分お邪魔致します」

「いいえ。ご苦労さま。今、仕度をしますからね」

「畏れ入ります」

お袖は、鶴次郎と庄太の酒の仕度に立った。

鶴次郎は、倫太郎と平七の話に加わった。

「兄貴、今夜の辻斬り強盗の件は、庄太からざっと聞きました」

「うん。で、詳しいことはこれからお伺いするところだ。お前も一緒に聞くがいい」

「はい」

「それで倫太郎さん、辻斬り強盗の浪人と何処であったんですか」

平七は、鶴次郎と庄太が揃ったのを見計らい、話題を事件に振った。

「三十間堀沿いの道です」

「それで後を追った……」

「ええ。ちょいと妙なことに引っ掛かりましてね」

「妙なこと……」

「ええ。その浪人、擦れ違った時、伽羅の香りがしたんです」

「伽羅の香り……」

　鶴次郎が繰り返した。

「ええ。そいつが気になりましてね」

「後を尾行たんですか」

「はい。そうしたら溜池の近くで、やって来た稲葉家の御家来を襲ったんです。それで、咄嗟に声を掛けて……」

「助けたってわけですかい」

「ええ……」

「伽羅香の匂いのする痩せた浪人ですか……」

　平七は酒を飲み干した。

「浪人が現れたのは、三十間堀紀伊国橋の付近でしたね」

鶴次郎が、倫太郎の顔を窺った。

「ええ……」

「となるとその浪人、木挽町辺りにでも住んでいるのでしょうかね」

鶴次郎の眼が微かに光った。その光の奥には、元兵衛長屋があった。

「かもしれませんね……」

倫太郎は、最近の雪乃が伽羅の香りを漂わせていることを思わず伏せた。伏せた理由は、倫太郎自身よく分からなかった。

「親分、その浪人が山岸又四郎ですかね」

庄太が身を乗り出した。

「そいつは分からないが、先ずは木挽町辺りに住んでいる伽羅の匂いを漂わす痩せた浪人だぜ」

平七は、明日からの探索方針を決めた。

四

飯倉神明宮門前は寝静まっていた。

倫太郎と鶴次郎は、茶店『鶴や』を出て家路についた。

「ところで鶴次郎さん、八丁堀に浮かんだ仏さんの身許、分かったんですか」

「ああ、無精髭の痩せた仏ですかい」

「ええ」

「いえ、身許はまだ分かっちゃあいないはずですよ」

「そうですか……」

倫太郎は、何故か不吉な予感に襲われた。

「あの仏がどうかしましたか」

「いえ。ちょっと気になりましてね」

八丁堀に浮かんだ仏は、背中や尻に爛《ただ》れがあり、長患いを窺わせた。

ひょっとしたら……。

倫太郎の睨みがいきなり飛んだ。

まさか……。

倫太郎は、いきなり飛んだ睨みを慌てて否定した。

「それにしても、もし辻斬り強盗が山岸又四郎で家が木挽町辺りだとしたら、喧嘩相手の清水幸之助と意外に近い処で暮らしていたってことになりますね」

鶴次郎は戸惑いを滲ませた。

「そうなりますね……」

鶴次郎の戸惑いは、倫太郎が慌てて否定した睨みを蘇《よみがえ》らせた。

倫太郎は微かに狼狽した。だが狼狽は、八丁堀に浮いた仏が雪乃の夫・清水幸之助だという思いを募らせた。

八丁堀に浮かんだ長患いの仏は清水幸之助……。

倫太郎は、否定していた睨みを解き放つしかなかった。

だとしたら今、元兵衛長屋で寝ているのは誰なのだ……。

倫太郎は思いを巡らせた。

「じゃあ倫太郎さん、あっしはここで……」

鶴次郎は、八丁堀に架かる白魚橋の袂で立ち止まった。

鶴次郎の住まいは、八丁堀の北側にある御組屋敷街とは反対の南側にある。

「はい。じゃあ……」

倫太郎は鶴次郎と別れ、白魚橋を渡って楓川沿いを進んだ。そして、楓川に架かる新場橋を渡って八丁堀御組屋敷街に入った。

雪乃に逢うしかない……。

倫太郎は覚悟を決めた。

元兵衛長屋の朝が終わり、雪乃はいつものように出掛けた。

倫太郎は家の中の様子を窺った。

薄暗い家の中には伽羅香の匂いが漂い、奥の部屋に敷かれている蒲団に誰かが寝ているのが見えた。

倫太郎はそれを確認し、雪乃を追った。

雪乃は、呉服屋『菱屋』の娘たちの手習い教授を終え、丁稚たちに見送られて日本橋通りに出て来た。

倫太郎は追った。

雪乃は足早に京橋に向かった。

雪乃が京橋に差し掛かった時、倫太郎は呼び止めた。

雪乃は驚いたように振り返った。

「やっぱり貴方《あなた》だ」

倫太郎は親しげに近付いた。

「あの、どちらさまにございましょう」

雪乃は、倫太郎に探るような眼差しを向けた。伽羅の香りが漂った。

「あっ、そうか。あの時、貴方は気を失っていたから私を覚えていませんか」

倫太郎は笑った。

「私が気を失っていた……」

「ええ。岸にあげるのが大変でしたよ」

「あっ。では貴方さまが私を……」

雪乃は、倫太郎が身投げをした自分を助けたのを知った。

「ええ。元気そうで良かった」

「そうでしたか。その節はお助けいただきましてありがとうございました」

雪乃は深々と頭を下げ、倫太郎に礼を述べた。

倫太郎と雪乃は、どちらからともなく京橋の傍の船着場に降りた。

船着場に繋がれた小舟が揺れていた。

「お礼にお伺いもせず、申し訳ございませんでした」

「お礼だなんて、気にすることはありません。それよりもういいんですか」

「えっ」

「それなりのわけ、あったんでしょう。身投げをした」

「そ、それは……」

雪乃は激しく動揺した。

「御主人に関わりがあるんですか」

倫太郎は畳み掛けた。

「夫に……」

雪乃は困惑を浮かべた。

「ええ。実は一関藩の江戸上屋敷に知り合いがいましてね」

倫太郎は話を引き出そうと、嘘をついた。

雪乃は嘘と気付かず、項垂れた。

「おおよそのことは聞きましたよ」

「夫が寝たきりになって五年。何もかも疲れ果てて思わず……」

雪乃は微かに震えた。

「身を投げましたか……」

「はい……」

雪乃は、視線を逸《そ》らして哀しげに頷いた。

長患いで寝たきりの夫の世話に疲れ果て、思わず身投げをした妻……。

倫太郎は、そう思わずにはいられなかった。だが、そう思えば思うほど、雪乃への疑惑は膨らみ始めた。

「仕方がなかった……」

雪乃は流れに揺れる小舟を見つめ、己に云い聞かせるように呟いた。

倫太郎は、雪乃の心の奥底に秘められた想いを恐ろしく感じた。

小舟は流れに揺れ続けた。


雪乃は京橋を渡り、木挽町に帰って行った。

倫太郎は見送った。

去って行く雪乃の後ろ姿は、不安に包まれている。

倫太郎にはそう見えた。

「倫太郎さん……」

鶴次郎が背後にいた。

「やあ……」

「奥方、何か喋りましたか」

「うん。身投げをしたわけを話してくれましたよ」

「身投げをしたわけ……」

「ええ……」

倫太郎は淋しげな笑みを浮かべた。

「でも、そのわけを信じることは出来ませんでしたかい」

鶴次郎は、倫太郎の心の中を見透かした。

「鶴次郎さん……」

「倫太郎さん、清水幸之助と山岸又四郎の喧嘩の原因、分かりましたよ」

「分かった」

倫太郎は、思わず身を乗り出した。

「なんですか」

「奥方ですよ。喧嘩の原因……」

鶴次郎は、苦い笑いを小さく見せた。

「雪乃さんが……」

倫太郎は意外な原因に戸惑った。

「清水幸之助は、奥方の雪乃が山岸又四郎と情を通じていると思い、果たし合いを申し込みましてね。返り討ちにあって寝たきりになったそうですよ」

「で、雪乃さんと山岸又四郎の喧嘩の原因は雪乃だった。

「さあ。そいつを知っているのは、神様と当人たちだけですよ」

鶴次郎は冷めた眼を向けた。

清水幸之助が果たし合いを申し込んだからには、それなりの証拠があったからなのか。それとも嫉妬《しっと》の余りの誤解なのか。

倫太郎は困惑した。


神崎和馬と平七たちは、辻斬り強盗探索の網を絞り込んでいった。

木挽町界隈《かいわい》に住む伽羅の香りを漂わせた痩せた浪人……。

和馬と平七たちの探索は、確実に元兵衛長屋に近付いている。

もう曖昧《あいまい》にしてはおけない……。

倫太郎は、鶴次郎と一緒に元兵衛長屋に向かった。

昼下がりの元兵衛長屋は静まり返っていた。

「奥方、いますかね」

「いえ。今の時刻には、芝口の米問屋の娘に礼儀作法を教えに行っているはずです」

倫太郎は奥の家の腰高障子を叩いた。腰高障子が揺れ、薬湯と伽羅香の入り混じった匂いが漂った。

家の中からは、誰の返事もなかった。

「寝たっきりの旦那、眠っているのかな」

鶴次郎は家の中を窺った。

「いや、きっと身を潜めて様子を窺っています」

「様子を窺っているって、まさか倫太郎さん、本当は寝たっきりじゃあなく動くことが出来て……」

鶴次郎は、辻斬り強盗を清水幸之助と読み、眉根を寄せた。

「鶴次郎さん、そいつは踏み込んでみれば分かりますよ」

倫太郎は腰高障子を開けた。

薬湯と伽羅香が入り混じった匂いが、二人の鼻をついた。

家の中は薄暗く、奥の部屋に敷かれた蒲団が人型に盛り上がっていた。

倫太郎は家にあがった。

同時に掛け蒲団が、倫太郎に蹴り飛ばされて来た。倫太郎は飛来した掛け蒲団を払い除《の》け、刀を握って立ちあがった男を見た。

男は辻斬り強盗を働いた浪人だった。

「山岸又四郎だね」

倫太郎は静かに告げた。

背後で鶴次郎が喉を鳴らした。

「貴様……」

「清水幸之助の首を絞めて殺し、その死骸を八丁堀に棄てましたね」

八丁堀に浮かんだ仏こそが、雪乃の夫・清水幸之助だったのだ。

山岸又四郎は、清水幸之助に代わって寝たきりの長患いを装っていた。

「それに大名家の家来を狙う辻斬り強盗もあんたの仕業ですね」

山岸又四郎は嘲笑を浮かべ、猛然と倫太郎に斬り掛かってきた。

倫太郎は、山岸の足元を転がり抜けて刀を躱《かわ》し、背後から摑まえて投げを打った。山岸は激しく壁に叩きつけられ、刀を落とした。

倫太郎は素早く身を寄せ、山岸の脾腹《ひばら》に拳を鋭く叩き込んだ。

山岸は苦しげに呻いて気を失い、前のめりに倒れ込んだ。

鶴次郎が手際よく捕り縄を打った。

「山岸が清水のふりをしていたとは驚きましたぜ」

鶴次郎は呆れた。

「ですが、こうなると奥方も……」

「ええ……」

倫太郎は哀しげに頷いた。

雪乃は、怪訝な面持ちで立ち止まった。

行く手の汐留橋の袂に倫太郎が佇んでいた。

雪乃は、思い切ったように歩き出し、倫太郎に僅かに会釈《えしやく》をして擦れ違おうとした。

「雪乃さん……」

倫太郎は呼び止めた。

雪乃は、視線を行く手に向けたまま立ち止まった。

「山岸又四郎は捕えられました」

雪乃は顔色を変え、汐留橋の欄干の傍に崩れるようにしゃがみ込んだ。

「一緒に夫の清水幸之助殿を殺めましたね」

「私……私、耐えられなかった。薬湯の臭いにまみれ、痩せ細った清水に嫉妬の眼で睨みつけられる毎日に耐えられなかった」

雪乃の声は、虚脱したように乾いていた。

「山岸とはいつから……」

「二年前、大明寺ってお寺の境内で偶然に逢いました。山岸はこんなざまになるなら、私を手込めにでもしておけば良かったと、哀しげに笑いました。そして……」

「誘われたのですか……」

雪乃は頷いた。

「それから、大明寺の境内で時々落ち合いました」

秋、雪乃は大明寺の境内のせせらぎに紅葉を流し、山岸の来るのを待っていたのだ。

倫太郎は、紅葉を流す雪乃の姿を思い浮かべた。

あの日、山岸は大明寺境内で雪乃と逢った後、清水を殺しに元兵衛長屋に一人向かった。

雪乃はそれを知りながら町を彷徨《さまよ》い、やがて激しい罪悪感に襲われて思わず身を投げたのだ。

「山岸、その頃から辻斬り強盗をしていたのですか」

「暮らしに困って時々……」

「そして、清水さんの亡骸《なきがら》を八丁堀に棄て、貴方と暮らし始めた。そうですね」

雪乃は頷いた。

「幸せでした……」

雪乃は懐かしそうに呟いた。

「でも、幸せなんかこの川の流れの泡沫《うたかた》のようにすぐに消えてしまう」

雪乃はすすり泣いた。

川の流れに浮いた泡沫は、流れの中に儚《はかな》く消えていく。

雪乃のすすり泣きは続いた。

倫太郎に掛ける言葉はなかった。


事件は終わった。

一月後、地本問屋『鶴喜』から閻魔亭居候の書いた『秋は泡沫女地獄』という黄表紙が出版された。そこには、一人の女の哀しく憐れな叫びが描かれていた。

雪乃は死罪となり、川の流れに弄ばれた泡沫のように消えた。

第四話　冬は風花

一

朝、離れの部屋は冷え切っていた。
「寒い……」
眼を覚ました倫太郎は、余りの寒さに蒲団の中で身を縮めた。
蒲団の中は温かく、ささやかな幸せを与えてくれていた。
極楽だ。このまま蒲団の中にいたい……。
だが、倫太郎の極楽は続くわけがなかった。
伯父の大久保忠左衛門の足音が、母屋から苛立たしげに近付いて来た。
これまでだ……。
倫太郎は、蒲団を撥ね除けて起き上がった。

寒さが一気に攻め寄せた。

倫太郎は、攻め寄せる寒さを弾き飛ばさんばかりに、気合を掛けて手足を振り上げた。

「起きているか」

忠左衛門は、障子を開けて顔を覗かせた。

「はい。このとおり」

倫太郎は、気合を掛けて四股《しこ》を踏んで見せた。

「うむ。冬は身体が引き締まる」

「はい。仰るとおりにございます」

「励め」

「心得ました」

倫太郎は、四股を踏む足を止めずに答えた。

忠左衛門は満足気に頷き、母屋に戻って行った。

倫太郎は、気合を掛けながら素早く蒲団の中に戻って身を縮めた。

「倫太郎」

怒声と共に障子が開け放たれた。

倫太郎は飛び起きた。

母屋に戻ったはずの忠左衛門が、満面に怒りを浮かべていた。

「ずるい」

倫太郎は思わず叫んだ。

「馬鹿者」

忠左衛門が細い首の筋を伸ばした。

倫太郎は、房楊枝と手拭を取って井戸端に走った。

「まったく下手な小細工をしおって、親のしつけがなっとらん」

忠左衛門は、倫太郎の親である妹夫婦の顔を思い浮かべて吐き棄てた。


倫太郎は井戸の水を汲み、歯を磨いて顔を洗った。井戸の水は氷のように冷たく、倫太郎は思わず震えた。

「寒い……」

倫太郎は空を見上げた。

鉛色の空から風花《かざはな》が舞い落ちていた。

「風花……」

倫太郎は掌《てのひら》を差し出した。

風花は、倫太郎の掌で一瞬にして溶けて消えた。

　風花はきらきらと舞った。

　金龍山浅草寺の境内は、参拝客で賑わっていた。

　やることのない倫太郎は、八丁堀の大久保忠左衛門の組屋敷を出て久し振りに浅草寺を訪れた。

　倫太郎が参拝を終え、雷門から浅草広小路に出た時、人ごみから男の怒声があがった。

　人ごみは、血刀を下げた若い武士と倒れている職人を取り囲むように輪になった。

「おのれ、下郎の分際で……」

　若い武士は、倒れている職人に向かって吐き棄てた。その手の刀の切っ先から血の雫《しずく》が滴《したた》り落ちていた。

「どいてくれ」

　倫太郎は、恐ろしげに見守っている人々をかき分けて職人の様子をみた。

　職人は腹を斬られ、既に絶命していた。

「どうして斬ったんです」

　倫太郎は若い武士と対峙《たいじ》した。

「無礼を働いたから斬り棄てたまでだ」

若い武士は、嘲りを浮かべて刀に拭いを掛け、鞘《さや》に納めた。

「働いた無礼とはなんですか」

「無礼は無礼、詮索《せんさく》無用だ」

若い武士は苛立ちを浮かべて云い放ち、踵《きびす》を返した。

取り囲んでいた人の輪が割れた。

若い武士はその間を通り、隅田川に架かる吾妻橋に向かった。

人ごみの中にいたしゃぼん玉売りの男が、倫太郎を一瞥して若い武士を追って行った。

由松……。

倫太郎は、しゃぼん玉売りの男が岡っ引柳橋の弥平次の手先を務めている由松だと気がついた。

若い武士が何処の誰かは、由松が突き止めてくれる。

「この者が誰か知っている者はおらぬか」

倫太郎は取り囲んでいる人々に尋ねた。だが、知る者はいなかった。やがて、町役人たちが駆け付け、職人の遺体を自身番に運んだ。

倫太郎は付き添った。

若い武士は吾妻橋を渡り、源森川沿いの中之郷瓦町に向かった。中之郷瓦町は、その名のとおり瓦を焼く作業場が並んでいる。

若い武士は、中之郷瓦町を通り抜け、突き当りにある武家屋敷に入った。

後を尾行してきた由松は、武家屋敷が誰の屋敷か聞き込みを掛けた。


北町奉行所定町廻り同心・山岡徳一郎《やまおかとくいちろう》は、職人の死体の腹の傷を検めた。職人の横腹は深々と斬られていた。

「で、お前さんが駆け寄った時には、仏は既に斬られて倒れていたんだな」

「はい……」

倫太郎は頷いた。

「で、侍は無礼打ちにしたと云い残して行っちまったのか」

「ええ。仏さんがどんな無礼を働いたのかも、名前も名乗らず」

倫太郎は怒りを滲ませた。

どんな無礼を働いたのか知らないが、斬り殺すのは酷過ぎる……。

倫太郎は、殺された職人が哀れに思えた。

「ま。その侍が無礼打ちだというなら、無礼打ちなんだろう」

山岡はあっさりと引いた。

「えっ……」

倫太郎は戸惑った。

「いや、御苦労でした。じゃあ、仏の知り合いが現れなかったら、無縁仏として弔ってやってくれ」

山岡は倫太郎を労い、自身番の番人たちに職人の死体の始末を命じた。

「じゃあな……」

山岡は欠伸《あくび》を嚙み殺し、自身番から出て行こうとした。

「あの……」

倫太郎は慌てた。

「なんだい」

山岡は、倫太郎に怪訝な眼差しを向けた。

「私が何処の誰かはいいんですか」

万が一、無礼打ちを詳しく調べなければならなくなった時、倫太郎の証言が必要になるはずだ。

「そんなことはあるまい」

山岡は、苦笑しながら自身番を出て行った。

「御苦労さまにございました」

自身番の者たちが、頭を下げて山岡を見送った。

「今の同心、北町の山岡っていいましたね」

倫太郎は、自身番の旦那に尋ねた。

「はい。定廻りの山岡徳一郎の旦那ですよ」

「山岡徳一郎さんですか……」

倫太郎が憮然と呟いた時、自身番に若い女が訪れた。

「あの……」

女は緊張した様子を見せていた。

「なんですか」

番人が尋ねた。

「広小路で職人が無礼打ちにあったと伺いまして……」

「知り合いかもしれないのかい」

「はい。亭主かも……」

「亭主……」

番人は眉を顰めた。

「お前さん……」

女は顔を激しく歪ませて泣き、職人の死体に縋りついた。

倫太郎は、痛ましく見守るしかなかった。

女は死体に縋りついて泣き続けた。

無礼打ちにされた職人は錺職《かざりしょく》の峯吉《みねきち》。そして、女は女房のおふみだった。

昨日、居職《いじょく》の峯吉は、小間物問屋『扇堂』に注文された品物を納めに行ったきり、家には戻って来なかった。

心配した女房のおふみは、今朝から峯吉を探し廻っていた。そして、浅草広小路で職人が無礼打ちにされたと聞き、恐る恐る自身番を訪れたのだ。

昨日から行方知れずになっていた錺職人が無礼打ちにあった……。

倫太郎は引っ掛かった。すんなりと頷けないものがあった。

錺職の峯吉と女房のおふみは、鳥越明神裏の元鳥越町の路地裏の小さな仕舞屋に住んでいた。峯吉は腕の良い錺職で、家の納戸を改築した仕事場で小間物問屋に注文された簪や帯留めなどを作っていた。峯吉は、おふみを相手に晩酌をするぐらいで、博奕や女遊びもしない真面目な男だった。

そんな峯吉が、昨日から行方が分からなくなり、今日無礼打ちにされた死体となった。

おふみは、何がなんだか分からなかった。分かっていることは、亭主の峯吉が死んでこの世からいなくなったことだけだった。

「どうして峯吉は無礼打ちにされたんですか。誰が峯吉を無礼打ちにしたんですか」

おふみは悲痛に泣き叫んだ。

自身番の者たちには返す言葉もなかった。それは倫太郎も同じだった。

何故、峯吉は無礼打ちにされたのか……。

倫太郎は、峯吉を無礼打ちにした若い武士の顔を思い浮かべた。

無礼打ちのわけを必ず突き止めてやる……。

倫太郎は決めた。

冬の日差しは薄く、町は重く沈んでいた。

中之郷瓦町を抜けた処にある武家屋敷は、信濃《しなの》長田藩五万石の江戸下屋敷だった。

しゃぼん玉売りの由松は、尚も聞き込みを続けていた。そして、長田藩江戸下屋敷に出入りを許されている米屋の手代から若い武士が藩士の榎本俊之助《えのもとしゅんのすけ》だと聞き出した。

今日はこれまでだ……。

由松は踵を返した。


風花が舞う季節になり、柳橋の船宿『笹舟』は、舟遊びの客も少なくなった。

「御免……」

倫太郎は『笹舟』の暖簾を潜り、土間に入った。

「いらっしゃいませ」

弥平次の女房で女将のおまきが、帳場の奥から出て来た。

「私は夏目倫太郎と申しまして、弥平次親分にお眼に掛かりたく参りました。お取次ぎをお願いします」

倫太郎は姿勢を正して告げた。

「夏目倫太郎さまですね」

「はい」

「では、少々お待ち下さい」

おまきは奥に引っ込んだ。

土間の大囲炉裏には、山積みされた炭が真っ赤に熾き、川で身体の冷えた船頭たちを待っていた。

「こりゃあ倫太郎さんじゃありませんか……」

奥から弥平次が、おまきを伴って出て来た。

「親分。突然お伺いして申し訳ありません」

「いいえ。こっちはあっしの女房のおまきにございます」

弥平次はおまきを紹介した。

「どうも失礼致しました。さあ、どうぞお上がり下さいませ」

おまきは、倫太郎にあがるように促した。

「さ、どうぞ」

弥平次が続いた。

「はい。じゃあ、お邪魔します」

倫太郎は『笹舟』にあがった。

「由松ですか……」

弥平次は、怪訝な眼差しを倫太郎に向けた。

「はい」

倫太郎は、由松が無礼打ちをした若い武士を追った結果を知りたかった。

「由松はまだ来ちゃあいませんが……」

「そうですか」

「由松、どうかしましたか」

弥平次は首を捻った。

「実はですね、親分……」

倫太郎は、浅草広小路での無礼打ちの顚末を話した。

弥平次の表情は、話を聞く内に厳しくなっていった。

「無礼打ちですか……」

「はい。若い武士が何故、峯吉を無礼打ちにしたのか。そして、峯吉は昨日から何処にいたのか。分からないことばかりなんです」

倫太郎は眉を顰め、微かな苛立ちを見せた。

「で、由松が無礼打ちをした若い武士を追っていったんですね」

「ええ。それで、分かったことが知りたくて来たのですが……」

「そうでしたか。ま、由松はまもなく戻るでしょう」

弥平次は手を叩いた。

若い娘が襖を開けて顔を見せた。

「倫太郎さん、こっちはあっしどもの娘のお糸にございます」

「お糸にございます」

お糸は倫太郎に挨拶をした。

「夏目倫太郎です」

倫太郎は丁寧に挨拶を返した。

お糸は弥平次・おまき夫婦の養女だ。父親の浪人が、ある事件で殺された後、『笹舟』に引き取られ、やがて養女になった。

「御用ですか、お父っつぁん」

「うん。酒の仕度をしてくれ」

「はい」

「それから由松が来たら、すぐ来るように云ってくれ」

「はい。承知しました」

お糸は立ち去った。

「それにしても無礼打ちとはねえ……」

弥平次は呆れた。

「ええ。峯吉がどんな無礼を働いたのか知りませんが、無腰の職人を斬るなんて酷い話です」

倫太郎は怒りを募らせた。

「まったくです。本当に無礼打ちだったのかどうか……」

弥平次は、北町奉行所の同心・山岡徳一郎の名前を出さず、暗に批判した。

「その通りなんですよ」

倫太郎は頷いた。

「親分……」

襖の外に由松の声がした。

「おう、由松か……」

「へい」

「入りな」

「ごめんなすって……」

しゃぼん玉売りの由松が、弥平次に頭を下げて倫太郎に笑い掛けた。

「話は倫太郎さんから聞いた。で、分かったのか、無礼打ちをした若い侍、何処の誰か」

「へい」

「何処の誰でした」

倫太郎は身を乗り出した。

「信濃長田藩江戸下屋敷にいる藩士で、榎本俊之助って方でしたよ」

「長田藩江戸下屋敷にいる藩士の榎本俊之助ですか……」

「へい。間違いありません」

「由松、長田藩の下屋敷ってのは……」

「本所中之郷瓦町の奥です」

「で、榎本俊之助、どんな奴なんですか」

「そこまではまだ……」

「そうですか」

「倫太郎さん。そいつはこれからゆっくり調べてみましょうや」

「お父っつぁん……」

廊下にお糸の声がした。

「おう……」

お糸と仲居が、酒と肴《さかな》を運んで来た。

「倫太郎さん、ま、おひとつどうぞ」

「はい。いただきます」

倫太郎は嬉しげに頷いた。


長田藩江戸下屋敷に人の出入りはなかった。

しゃぼん玉売りの由松は物陰に潜み、榎本俊之助が現れるのを待っていた。

前夜、由松は親分の弥平次に榎本俊之助の人柄を調べろと命じられた。

弥平次は倫太郎同様、榎本の無礼打ちに疑問を抱いていた。

由松もあの時、騒ぎを見守った一人として素直に頷けないものを感じていた。

それは、錺職の峯吉が、榎本にどんな無礼を働いたのか誰も知らないからだった。

何かある……。

弥平次は、榎本俊之助の人柄を突き止めるよう、由松に命じたのだ。

由松の張り込みは続いた。


鳥越明神は浅草御蔵前の通りを西に入った処にある。そして、その一帯が元鳥越町だった。

無礼打ちにあった錺職の峯吉とおふみ夫婦の家は、その元鳥越町の路地裏にあった。

峯吉の弔いは、錺職仲間や近所の人たちによってしめやかに行われた。

倫太郎は弔問客として訪れ、峯吉の遺体に手を合わせた。

気丈に振舞うおふみの姿は痛々しく、弔問客の涙を誘った。

峯吉の遺体は、浅草東本願寺傍の正覚寺に葬られ、弔いは終わった。

「それでおふみさん。峯吉さん、一昨日出来た品物を小間物問屋に納めに行ってどうしたか、分かりましたか」

倫太郎はおふみに尋ねた。

「いいえ。まだ……」

おふみは首を横に振った。

「そうですか……」

「夏目さま、峯吉を無礼打ちにしたお侍、何処の誰か分かりましたでしょうか」

「ええ。信濃長田藩江戸下屋敷にいる榎本俊之助と申す者でした」

「信濃長田藩の榎本俊之助……」

おふみは、真新しい峰吉の位牌《いはい》を見つめて呟いた。

「おふみさん、峯吉さんが品物を納めに行った小間物問屋、何処のなんという店ですか」

倫太郎は、一昨日の峯吉の足取りが気になっていた。

品物を納めに行って行方知れずになり、翌日無礼打ちにされた。行方知れずになっていた間、何処で何をしていたのか……。

倫太郎は、行方知れずと無礼打ちに関わりがあると思えてならなかった。

二

小間物問屋『扇堂』は、下谷広小路傍の新黒門町にあった。

倫太郎は『扇堂』を訪れ、番頭の善蔵《ぜんぞう》に峯吉の行動を訊いた。

「一昨日の峯吉さんですか……」

善蔵は眉を寄せ、胡散臭げに倫太郎の顔を見上げた。

「ここに品物を納めに来たはずですが」

「ええ。見えましたよ。簪と帯留め、流石は峯吉さん、どれも結構な出来でしてねえ」

「峯吉さん、品物を納めてからどうしました」

「帰りましたよ」

「帰った……」

峯吉は次の注文を受け、『扇堂』から帰って行った。

番頭の善蔵が知っているのは、そこまでだった。

「峯吉さん、何処かに行くとか云ってはいませんでしたか」

「さあ、別に何も云っていませんでしたが」

善蔵は、抱えている錺職が無礼打ちにあったにしては落ち着いていた。

「そうですか……」

倫太郎は肩を落とした。


下谷広小路は、不忍池や寛永寺への入口として賑わっていた。

峯吉の足取りは、瞬く間に途切れてしまった。

倫太郎は行き交う人々を眺め、溜息をつくしかなかった。

「倫太郎さん……」

鶴次郎が、緋牡丹の絵柄の半纏を翻して人ごみの中をやって来た。

「鶴次郎さん……」

倫太郎は顔を輝かせた。

「また面倒なことに首を突っ込んだそうですね」

鶴次郎は笑みを浮かべた。

「えっ、どうしてそれを……」

「弥平次親分が報せてくださったんですよ」

「そうでしたか……」

「それで、無礼打ちにあった錺職の足取り、何か分かったんですか」

鶴次郎は、弥平次から事の次第を聞いていた。

「それが、この扇堂に品物を納めた後がぷっつりと……」

倫太郎は吐息を洩らした。

「成る程……」

鶴次郎は、小間物問屋『扇堂』を眺めた。

番頭の善蔵が客を見送りに出て来た。そして、客を見送った後、倫太郎と鶴次郎に気付き驚いたように店に引っ込んだ。

「あいつは誰ですか」

「番頭の善蔵です」

「善蔵ねえ……」

鶴次郎の眼が厳しく光った。

榎本俊之助は江戸下屋敷から動かなかった。

由松は見張り続けた。

一人の女が現れ、下屋敷の閉められた表門を見上げた。

由松は見守った。

下屋敷を見上げる女の顔には、恨みと憎しみが溢れていた。

女はおふみだった。

おふみは物陰に潜み、下屋敷を見張り始めた。

何なんだ……。

おふみを知らない由松は、女の行動に不審を抱いた。


昼下がり、小間物問屋『扇堂』の番頭善蔵が出掛ける仕度をして出て来た。善蔵は緊張した面持ちで辺りを窺い、足早に浅草方面に向かった。

倫太郎と鶴次郎が物陰から現れ、人ごみに紛れて善蔵を追った。

「善蔵、鶴次郎さんの睨み通り動きましたね」

「ええ。善蔵の野郎、あっしの顔を見て慌てやがった。きっとあっしが何者かを知っているのに違いありませんぜ」

「それで慌てて動きましたか」

「おそらくね」

善蔵は御徒町《おかちまち》、下谷七軒町、東本願寺の門跡前を抜けた。

倫太郎と鶴次郎は追った。

浅草広小路に出た善蔵は、吾妻橋を渡って本所に入った。

本所……。

「本所か……」

「中之郷瓦町の奥に長田藩五万石の江戸下屋敷があります」

「じゃあ……」

「善蔵と榎本俊之助、何らかの関わりがあるのかもしれません」

倫太郎はそう睨んだ。

本所に入った善蔵は、中之郷瓦町を足早に進んだ。行く手に信濃長田藩江戸下屋敷がある。

善蔵の行き先は、おそらく長田藩江戸下屋敷に間違いない。

「どうやら、倫太郎さんの睨みどおりですね」

「下屋敷の榎本俊之助は、由松さんが見張っています」

倫太郎と鶴次郎は善蔵を追った。

榎本俊之助は、長田藩江戸下屋敷から動く気配はなかった。

由松は張り込みを続けた。張り込んでいるのは、由松だけではない。おふみも物陰から見張りを続けていた。

おふみを知らない由松は、その見張りの様子から女を素人《しろうと》だと見た。

大店の番頭風の男が、落ち着きなく辺りを見廻しながらやって来た。

由松は物陰から見守った。

番頭風の男は、長田藩江戸下屋敷の潜り戸を叩いた。そして、開いた潜り戸に素早く入り込んだ。

物陰に潜んでいた女が追うように門前に駆け寄り、息を荒く鳴らして番頭風の男の入った潜り戸を怯えたように見つめた。

女は番頭風の男が何者か知っている……。

由松はそう見た。

「由松……」

鶴次郎と倫太郎が、由松が潜む路地の奥から駆け寄って来た。

「鶴次郎の兄い。倫太郎さん」

由松は、怪訝な面持ちで二人を迎えた。

「小間物問屋の番頭を追って来たんだ」

鶴次郎が囁いた。

「じゃあ、今の男が……」

「ああ。一昨日、峯吉が品物を納めに行った扇堂の番頭の善蔵だ」

「由松さん、おふみさん、いつからここにいるんです」

倫太郎が、門前に佇んでいるおふみを見つめて尋ねた。

「おふみ……」

「ええ。峯吉さんの女房です」

おふみは門前を離れ、再び物陰に潜んだ。

「そうでしたか……」

由松は意外な面持ちになった。

峯吉の女房おふみが、長田藩下屋敷を見張っていた。それは、亭主の峯吉を無礼打ちにした榎本俊之助を見張っているのに他ならなかった。

「でも、おふみさんは榎本俊之助の顔を知らないでしょう」

由松は首を捻った。

「ええ。きっと榎本俊之助の顔を見定めたい一念で来たんですよ」

倫太郎は、おふみの気持ちを読んだ。

「それにしても、どうしてここと榎本俊之助が分かったんですかね」

鶴次郎は倫太郎を一瞥した。

「ええ。私が教えました」

倫太郎は頷いた。

「倫太郎さん、そいつは拙いや」

鶴次郎は苦い笑いを浮かべた。

「拙い……」

倫太郎は訊き返した。

「今のおふみさんが、榎本俊之助と逢ったらどうなると思いますか」

「えっ……」

倫太郎は戸惑った。

「峯吉の恨みを晴らしたい一念で、危ない真似をするかも知れない」

倫太郎は言葉を失った。

「下手をしたら峯吉と同じように無礼打ちにされるかも……」

由松が緊張した眼を倫太郎に向けた。

倫太郎は、榎本俊之助のことを手柄顔でおふみに教えたことの重大さに気がついた。

迂闊《うかつ》だった……。

倫太郎は悔やんだ。

「教えるのは、何もかもをはっきりさせてからですよ」

鶴次郎は微笑んだ。

「どうしたらいいだろう」

倫太郎はうろたえた。

「とにかくここから連れ出すんですね」

「ですが、どうやって……」

「番頭の善蔵、どんな奴なのか訊いてください」

鶴次郎は、倫太郎のすることを決めた。

「分かりました。とにかく、おふみさんをここから引き離し、危ない真似をしないように云い聞かせます」

「ええ。お願いします」

「心得ました」

倫太郎は、路地の奥に走った。

鶴次郎と由松は、苦笑して見送った。

「お侍にしておくには勿体《もったい》ねえほど、気のいいお人だよ」

「まったくです」

鶴次郎と由松は、長田藩江戸下屋敷を監視した。


倫太郎は、路地の奥から大きく迂回《うかい》し、おふみに近付いた。

「おふみさん……」

「夏目さま……」

おふみは驚いた。

「扇堂の番頭を追って来たんです。善蔵について知っていること、教えてください」

「えっ。ええ……」

「じゃあ、こっちへ……」

「はい」

倫太郎は、おふみを連れて長田藩江戸下屋敷の門前から離れた。

吾妻橋が架かる隅田川は、冬の寒さに流れを鈍らせていた。

倫太郎はおふみを連れて、吾妻橋の袂にある甘味屋に入った。

おふみは榎本俊之助が気になるのか、落ち着かない様子だった。

倫太郎は店の小女に甘酒を二つ頼んだ。

「それでおふみさん、扇堂の番頭の善蔵ですが、どんな人ですか」

「善蔵さんは、峯吉の腕を買っていて、いつも仕事を廻してくれていました」

「じゃあ峯吉さんにとって、良い人だったんですね」

「はい。でも……」

おふみは戸惑いを浮かべた。

「長田藩の下屋敷に行ったのが気になりますか」

「夏目さま。善蔵さん、どうして峯吉を無礼打ちにした榎本俊之助のいる長田藩のお屋敷に行ったのでしょう」

「そいつはまだ何とも……」

「ひょっとしたら善蔵さん、榎本俊之助と知り合いで、峯吉を無礼打ちにしたことにも関わりがあるんではないでしょうか」

おふみは鋭い睨みを見せた。それは、愛する者を奪われた執念なのかも知れない。

「そいつはこれからですよ」

倫太郎は腹の中で頷きながら、そう答えた。

小女が甘酒を持って来た。

「おまちどおさま」

「さあ、温まろう」

倫太郎は、おふみに甘酒を勧めた。

おふみは、甘酒の入った湯呑茶碗を両手に包み、僅かに飲んだ。

「あったかい……」

おふみは吐息混じりに呟いた。

「とにかくおふみさん、峯吉さんの無礼打ちは、私だけじゃなく、岡っ引の柳橋の親分も妙だと云って乗り出してくれました。それがはっきりするまで、家で待っていてください」

「でも私、じっとなんかしていられない……」

おふみは、甘酒の入った湯呑茶碗を握り締めた。

「ですが、峯吉さんの無礼打ちの裏に何か秘密があったら……」

「夏目さま」

おふみは倫太郎の言葉を遮った。

「秘密ってなんですか」

おふみの思いつめた眼が、倫太郎を見つめていた。

「たとえばです。たとえばの話です」

倫太郎は慌てて否定した。

「たとえば……」

「はい。ですから今は家で大人しくしていてください」

倫太郎は、おふみに頭を下げて頼んだ。


小半刻が過ぎた。

『扇堂』の番頭の善蔵が、長田藩江戸下屋敷から悄然とした面持ちで出て来た。

善蔵は怯えた眼で辺りを窺い、足早にその場を離れた。

「兄い」

「俺が追うぜ」

鶴次郎は、榎本俊之助の見張りを由松に任せ、善蔵を追った。

長田藩江戸下屋敷を出た善蔵は、中之郷瓦町を抜けて隅田川に出た。

善蔵は隅田川の岸辺に佇み、冬の流れを眺めた。その顔は疲れ果てたように歪み、今にも泣き出しそうにしていた。

何故だ……。

鶴次郎は思いを巡らせた。

『扇堂』の番頭善蔵が立ち去った後、長田藩江戸下屋敷から一人の藩士が出て来た。榎本俊之助だった。

ようやく現れやがった……。

由松は足腰を動かし、尾行の仕度を始めた。

下屋敷を出た榎本は、足早に隅田川に向かった。

由松は尾行を開始した。


元鳥越町の峯吉の家は、主を失った淋しさを漂わせていた。

おふみは、倫太郎に深々と頭を下げて家に入っていった。

見送った倫太郎は、吐息を小さく洩らして周囲を見廻した。周囲に不審なところはなく、倫太郎はその場を離れた。

番頭の善蔵が、小間物問屋『扇堂』に戻った頃、榎本俊之助は吾妻橋を渡って浅草広小路から蔵前通りに向かった。そして、蔵前通りを進み、神田川近くの長田藩江戸上屋敷に入った。

由松は見届け、物陰に張り込んだ。

榎本の上屋敷に来た理由が、善蔵が訪れたせいだとしたら、峯吉無礼打ちには長田藩そのものが関わっているのかも知れない。

仮にそうだとしたなら、峯吉の無礼打ちの裏には、やはり秘密があると思っていいだろう。

由松は物陰に潜んだ。

番頭の善蔵は、仕事が手につかないでいた。

峯吉が榎本に無礼打ちにされてから、派手な緋牡丹の絵柄の半纏をまとった男が現れた。

善蔵は男に見覚えがあった。

北町奉行所同心の手先……。

昔、善蔵は殺された女の死体が発見された現場に行き合わせたことがあった。その時、派手な半纏を着た男が、同心と詳しく死体を調べているのを覚えていた。

お上は榎本の無礼打ちを疑い、その探索は自分の身に及び始めた……。

善蔵は恐怖に突き上げられた。

突き上げる恐怖は、善蔵を榎本俊之助の許に走らせた。

榎本俊之助は、善蔵の報せを受けて少なからず動揺した。だが、動揺を懸命に押し隠し、怯える善蔵を落ち着かせて帰した。

どうしたらいいのだ……。

榎本は、江戸上屋敷にいる留守居役の松田図書《まつだずしょ》に相談することに決めた。

松田図書は満面に苛立ちを浮かべた。

「榎本、本当に町奉行所が動き出しているのか……」

「それははっきりしませぬが、善蔵は町方同心の手先が扇堂を窺っていたと……」

「ならば、善蔵が江戸下屋敷を訪れたのを知られたな……」

「何故《なにゆえ》にございますか」

「愚か者。善蔵の申すとおり、町方の者が動いているならば、善蔵の動きを見逃すはずはあるまい」

「ならば……」

榎本の顔が凍てついた。

「うむ。おそらく善蔵には町方の見張りがついている」

「はい」

「このままでは、善蔵から事の次第が洩れるやも知れぬ。さすれば我が長田藩は天下に恥を晒《さら》すことになろう」

「松田さま……」

「榎本、善蔵を峯吉同様に何とか致せ」

松田は冷たく云い放った。

「ははっ……」

榎本は早々に松田の用部屋を出た。

「役立たずの愚か者が……」

松田は、侮蔑《ぶべつ》を浮かべて吐き棄て、藩士を呼んだ。


榎本は長田藩江戸上屋敷を後にし、重い足取りで来た道を戻った。

由松は追った。

妙だな……。

由松は、榎本の重い足取りに不審なものを感じた。

上屋敷で何があったのだ……。

由松は、重い足取りの榎本を尾行した。


峯吉同様に何とか致せ……。

榎本の頭の中に、松田の言葉が駆け巡った。

峯吉に続いて善蔵……。

榎本は混乱した。

何がどうしてこうなったのか……。

榎本の混乱は治まることを知らなかった。

だが、何をするにしても、早くするにこしたことはない。

やるなら今夜だ……。

榎本は決めた。

だが、それでいいのか……。

榎本は迷い、躊躇い、揺れ動いた。

尾行していた由松は、追って来る足音に気付いて背後を窺った。二人の武士が足早にやって来るのが分かった。

由松は咄嗟に路地に入り、背後から来る二人の武士をやり過ごした。

二人の武士は、由松に構わず榎本を追って行った。

榎本を見張っている……。

由松はそう直感し、榎本を追う二人の武士を尾行した。


榎本俊之助は、迷い躊躇ったまま本所の江戸下屋敷に着いた。

それでいいのか……。

榎本は深々と吐息を洩らし、潜り戸を叩いて門番に帰ったことを告げた。

榎本が屋敷内に入った時、追って来た二人の武士が現れ、やはり潜り戸を叩いた。そして、顔を見せた門番に何事かを囁き、下屋敷に入った。

榎本を追って来た二人の武士は、長田藩上屋敷に詰めている藩士なのだ。

由松は見届けた。


暮れ六つ（午後六時）。

冬の日暮れは早く、外は既に暗かった。

小間物問屋『扇堂』は、暖簾を仕舞って大戸を下ろした。

鶴次郎は、番頭の善蔵の見張りを続けた。

善蔵は、『扇堂』の主の庄左衛門に挨拶をし、湯島天神裏切通町の自宅への家路についた。

既に娘を嫁に出した家には、若い後添えが待っているだけだ。

善蔵は若い後添えを思い出し、抱えている不安を忘れようとした。だが、不安を忘れることは出来なかった。

善蔵は、湯島天神裏門坂通りを急いだ。

鶴次郎は追った。


倫太郎は、榎本俊之助がいる長田藩江戸下屋敷に急いでいた。

三

夜が更け、冬の寒さは倫太郎と由松の身体に凍み込んでいた。

榎本俊之助に動きはない。

「倫太郎さん、交代でちょいと一杯やって温まりますか」

「いいですねえ……」

倫太郎と由松は鼻水を啜った。

その時、中之郷瓦町から来た夜鳴蕎麦屋が、長田藩江戸下屋敷の塀の外れに屋台を置いた。

「夜鳴蕎麦屋だ」

倫太郎は嬉しげに由松を見た。

「流石は親分。ありがてえな」

由松は笑った。


夜鳴蕎麦屋は、七輪に火を熾して湯と出し汁を温め始めた。

長田藩江戸下屋敷の門前から倫太郎が駆け寄り、七輪の火に手をかざした。

「親父さん、温かい蕎麦を頼む。温まらせて貰うよ」

「どうぞ……」

夜鳴蕎麦屋の親父は、苦笑して倫太郎と由松を見比べた。

「由松さん、温まるよ」

「それより倫太郎さん。長八《ちょうはち》の兄貴です」

「長八の兄貴……」

倫太郎は怪訝な面持ちで立ち上がった。

「ええ。あっしどもの兄貴分です」

「じゃあ、柳橋の親分のところの……」

「へい。長八と申します。弥平次に云われてお手伝いに参りました」

長八は笑った。

「助かりました」

由松は長八に頭を下げた。

「なあに礼には及ばねえ。それより由松、屋台の下に酒があるぜ」

「へい。いただきます」

由松は二つの湯呑茶碗に酒を満たし、その一つを倫太郎に差し出した。

「倫太郎さん……」

「うん。いただきます」

倫太郎と由松は、湯呑茶碗の酒を啜った。

酒は冷え切った身体に染み渡った。

「ああ、温まる……」

倫太郎は呻いた。

「まったくで……」

由松が続いた。

温まった出し汁の美味そうな匂いが漂い始めた。

「で、どうなんだい」

長八は、湯加減を見ながら尋ねた。

「それが今のところ、動きはないんですよ」

「そうかい……」

「邪魔をする」

若い侍が、身を縮めながら屋台の前に立った。

倫太郎と由松は、思わず動揺した。

若い侍は榎本俊之助だった。

「いらっしゃい」

長八は普通に迎えた。

「蕎麦、いや、酒だ。酒を貰うぞ」

榎本は既に酒に酔っていた。

「へい」

長八は、湯呑茶碗に酒を満たして差し出した。

倫太郎と由松は、酒を啜りながら榎本の様子を窺った。

榎本は倫太郎に気付かず、喉を鳴らして酒を飲み干した。

「旦那、大丈夫ですかい」

長八が眉を顰めた。

「ああ。屋敷で飲んでいたのだが、いろいろ煩くてな。お代わりをくれ」

酒は全身に廻ったらしく、榎本の言葉に酔いが窺われた。

「へい。只今」

由松は、榎本の空になった茶碗に酒を満たし、長八に素早く目配せをした。

長八は若い侍が榎本俊之助だと気付き、頷いて見せた。

由松は暗がりに消え、腰掛けになるような角材を担いで戻って来た。

「こいつに腰掛けてゆっくりやってください」

由松は、角材に腰掛けるように榎本に勧め、湯呑茶碗に酒を注いだ。

「さあ、ごゆっくりやってください」

倫太郎は、屋台の陰で酒を飲みながら榎本の様子を窺った。

「こいつをどうぞ」

長八が蒲鉾《かまぼこ》を切って出した。

榎本は、由松と長八に巧みに酒を勧められ、瞬く間に酔っていった。

倫太郎は手拭で頬被《ほっかぶ》りをし、酒の入った湯呑茶碗を手にして榎本の隣りに腰掛けた。

「ああ。まったく嫌になっちまうぜ」

倫太郎は芝居を打ち、榎本を誘った。

「何がだ」

榎本が、酔った眼を倫太郎に向けた。

「宮仕えですよ」

「そんなもの、嫌なものに決まっている」

榎本は倫太郎の誘いに乗った。

「お主もそうか」

「ああ。ああしろこうしろ、お偉いさんは云うだけで、貧乏籤《くじ》を引くのはいつも俺たちだ」

榎本は吐き棄てた。

「まったくだ。俺なんぞこの前、殿様お気に入りの女を無理矢理連れて来いと命じられてな。まるで勾引かしだぜ」

「勾引かしか……」

「ああ……」

「勾引かしならまだいいぜ。俺なんか……」

榎本は涙ぐんだ。

倫太郎は戸惑った。そして、由松と長八は顔を見合わせた。

「どうしたんです」

倫太郎は話を促した。

「俺なんか……」

倫太郎たちは、榎本の次の言葉を待った。

「何をしている」

二人の侍が、提灯を手にして駆け寄って来た。榎本を上屋敷から尾行して来た武士たちだった。

これまでだ……。

倫太郎と由松は、思わず顔を見合わせた。

「さあ、屋敷に戻るんだ」

「嫌だ。俺はもっと飲む」

「黙れ。このことが松田さまに知れると、只ではすまぬぞ」

二人の侍は、榎本を両脇から乱暴に立たせ、引きずるように下屋敷に戻り始めた。

「放せ。俺はもっと酒を飲むんだ」

榎本は悲鳴のように叫んだ。

憐れで惨めな姿だ……。

倫太郎は眼を背けた。

「お武家さん」

長八が呼び止めた。

「何だ、蕎麦屋」

「へい。お代は百文でさあ」

「百文……」

「へい」

侍の一人が長八に百文を払い、榎本を下屋敷に連れ去った。

倫太郎は言葉もなかった。

「惨めなもんだ」

由松は吐息混じりに呟いた。

「さあて、今夜はもう動きやしねえだろう」

長八は、倫太郎と由松に蕎麦を差し出した。

倫太郎と由松の顔が、温かい湯気に心地良く包まれた。

榎本俊之助は無警戒に酒を飲み、酔って泣いた。

その涙には、悔恨と虚しさが込められている……。

倫太郎はそう思った。

榎本の峯吉に対する無礼打ちの裏には、長田藩の上層部が絡んでいる。

倫太郎はそう睨んだ。


翌日早く、榎本俊之助は江戸下屋敷を出た。

「どうするか」

倫太郎は眉を歪めた。

おそらく二人の藩士が尾行するはずだ。

倫太郎はそれを気にした。

「あっしが榎本を尾行ます。倫太郎さんは見張りの野郎共の後から来てください」

由松はこともなげに云い、榎本を追って行った。

「心得た」

倫太郎は由松を見送り、二人の藩士が出て来るのを待った。

読みの通り、二人の藩士が現れて榎本を追った。

倫太郎は二人の藩士の後を尾行た。

二人の藩士は、小さく見える榎本の後ろ姿を追った。その間に、由松の姿は見えなかった。

由松は姿を隠して追っている……。

倫太郎は感心した。

榎本は下谷に向かっていた。

下谷には小間物問屋『扇堂』がある。

榎本は『扇堂』の番頭の善蔵に逢いに行くのだ……。

倫太郎はそう睨んだ。


下谷広小路は賑わっていた。

榎本は賑わいに佇み、小間物問屋『扇堂』を見つめていた。

二人の藩士は、佇む榎本を見張っていた。

倫太郎は物陰に潜み、榎本と二人の藩士の動きを見守った。

「倫太郎さん……」

由松が人ごみの中から現れた。

「由松さん」

「榎本は善蔵に逢いに来たようですね」

「ええ。何をする気なのか……」

倫太郎は、吐息を洩らさずにはいられなかった。


小半刻が過ぎた。

番頭の善蔵が、丁稚を供に店から出て来た。

榎本は慌てて身を隠し、丁稚を従えて出掛けて行く善蔵を怯えたように見送った。そして、意を決したように追った。

見張っていた二人の藩士が続いた。

「倫太郎さん……」

「うん」

倫太郎は由松に促されて追った。

おそらく、善蔵を見張っている鶴次郎も姿を隠して追っているはずだ。

善蔵は下谷広小路の賑わいを抜け、池之端仲町に入った。

不忍池はさざ波もなく、凍てついたような水面を見せていた。

善蔵と丁稚は、不忍池を臨む料亭に入った。

榎本は、料亭の前の木立の陰に佇んだ。

二人の藩士は、身を潜めて榎本の様子を窺った。

倫太郎と由松は見守った。

「倫太郎さん、由松……」

善蔵を見張っている鶴次郎が、二人の背後に現れた。

「鶴次郎の兄い。善蔵、何をしてんですかい」

「掛取りだぜ」

「掛取り……」

「ああ、暮れも近いからな」

善蔵は、料亭の女将の許に掛取りに来た。

「あの侍たちは何者ですか」

鶴次郎は、榎本を見張る二人の藩士を示した。

「長田藩の藩士で、榎本の見張りですよ」

「榎本の見張り……」

「付け馬ですよ」

由松が苦く笑った。

「藩が何のために……」

「さあ、そいつは分かりません」

「それにしても榎本の野郎、何をしようってんですかね」

「善蔵を斬ろうとしているのかもしれません」

倫太郎は告げた。

「善蔵を斬る……」

鶴次郎と由松は眉を顰めた。

「ええ。峯吉と同じように……」

「でも、どうしてですかい」

由松が首を捻った。

「理由は分かりません。ですが、それがきっと長田藩の上層部、お偉いさんの命令なのです」

「宮仕えの辛さですかい」

由松は、長八の屋台で酒に酔う榎本を思い出した。

「ええ……」

倫太郎は、昨夜の榎本の酔った姿を鶴次郎に教えた。

「ってことは、榎本が峯吉を無礼打ちにしたわけを善蔵が知っている……」

鶴次郎は、倫太郎の反応を待った。

「ええ。きっとそうでしょう。だから、善蔵も……」

「口封じで殺そうって魂胆ですか」

「無礼打ちに見せかけてね」

倫太郎は、峯吉の無礼打ちが口封じだと気が付いた。

「それにしても、何を口封じしたんですかね」

由松が首を捻った。

「錺職の峯吉と小間物問屋の番頭の善蔵。そして、善蔵は信濃長田藩江戸屋敷に繋がっている……」

倫太郎は、今までの流れを整理した。

「じゃあ何ですかい、長田藩が善蔵に注文した物を峯吉が作った」

由松が読んでみせた。

「それとも、長田藩が何かを作りたくて善蔵に相談した。そこで善蔵は、腕のいい錺職の峯吉に声を掛けた。だが、峯吉は作る物が何かを知って断った。それで無礼打ちを装って口を封じられた……」
倫太郎の読みは、話している内に確かな像を結び始めた。
「そんなところでしょうが、口を封じなければならないほどの物って何でしょうかね」
鶴次郎は眉を顰めた。
錺職が作る物……。
それが何か突き止める必要がある。
倫太郎、鶴次郎、由松たちの思いはそこに集まった。
「倫太郎さん、兄い……」
由松が、料亭から出て来た善蔵と丁稚を示した。
善蔵と丁稚は、次の掛取りに向かった。榎本が続き、二人の藩士が追った。
「じゃあ、あっしは別で……」
鶴次郎が素早く善蔵を追った。
倫太郎と由松は、榎本たちを尾行した。
善蔵と丁稚は、人気のない冬枯れの不忍池の畔を進んだ。
殺るならここだ……。
倫太郎がそう思った時、榎本が刀の柄《つか》を握って歩調を速めた。

殺る……。

倫太郎と由松が緊張した。だが次の瞬間、榎本は立ち止まった。立ち止まり、刀の柄を握っていた手を力なく落とした。

善蔵と丁稚は、榎本の存在に気が付かずに遠ざかって行った。おそらく鶴次郎が追ったはずだ。

榎本は立ち尽くしていた。

「やっぱり、善蔵を狙っていたんですね」

由松は詰めていた息を吐いた。

「ええ……」

風花が舞い始めた。

由松が寒そうに身震いし、恨めしげに風花を見上げた。

倫太郎には、立ち尽くす榎本が泣いているように見えた。

風花は舞った。

榎本俊之助は、力なく疲れ果てた様子で踵を返した。おそらく本所の下屋敷に帰るのだろう。

見守っていた藩士の一人が追い、他の一人は神田川に向かった。神田川の近くに長田藩の上屋敷がある。藩士は上屋敷にいる〝松田さま〟に事の次第を報告に行くのだろう。

「追いましょう」

由松が囁いた。

「由松さん、私はあいつを追って、上屋敷にいる松田さまが何者か調べてみます」

「松田さま……」

「はい」

由松は、昨夜の藩士の言葉を思い出した。

「分かりました。じゃあ……」

由松は、榎本と藩士を追った。

榎本は、風花の舞う不忍池の畔を重い足取りで行く。

倫太郎はそんな榎本を見送り、神田川近くにある長田藩上屋敷に急いだ。

四

信濃長田藩江戸上屋敷にいる〝松田さま〟は、留守居役の松田図書だった。

留守居役とは、幕府や諸大名と交渉、打ち合わせをする外交官である。

榎本は、留守居役の松田図書の命令で動いている。そうだとしたら、峯吉を無礼打ちに見せ掛けて口封じをしたのも、松田図書の命令なのだ。

松田図書は、小間物問屋『扇堂』の番頭の善蔵に何を作るように注文したのか。そして、峯吉はどうして作るのを断ったのか。いずれにしろ、作るように注文した品物が、関わっているのだ。

その品物はなんだ……。

倫太郎は思いを巡らせた。

松田図書は、報せに来た藩士の阿部伝七郎《あべでんしちろう》を睨みつけた。

「それで、榎本はどうしたのだ」

阿部は怯えた。

「はい。坂井《さかい》が追っておりますが、おそらく下屋敷に戻ったかと存じます」

「おのれ、役立たずが……」

松田は、満面に苛立ちを浮かべて吐き棄てた。

阿部は、己が罵られているかのように身を縮めた。

「阿部……」

「はっ」

「榎本に今夜中に何とかしろと伝えろ」

「今夜中に……」

「左様。そして、もしもの時は、榎本を始末してその方と坂井がやれ」

「拙者と坂井が……」

阿部の身体に震えが走った。

「何事も長田藩のためだ。阿部、武士が忠義を尽くすということは、己を棄てることだ」

松田は厳しく告げた。

「はい……」

阿部は思わず項垂れた。

榎本俊之助の思い悩む顔が過ぎった。そして、榎本に対する怒りが湧いた。

榎本俊之助は、推測どおり本所の下屋敷に戻った。

尾行して来た藩士の坂井は、厳しい面持ちで下屋敷に入った。

由松は見届け、物陰に潜んだ。

小間物問屋『扇堂』の番頭の善蔵は、掛取りを終えて下谷広小路の店に戻った。

鶴次郎は、『扇堂』の斜向かいの茶店に入り、甘酒を飲んで身体を温めた。

下谷広小路の賑わいは、風花を空中で溶かすほどの勢いだった。

鶴次郎は甘酒を啜り、『扇堂』を見張った。

夕暮れ時が訪れて賑わいも消え、下谷広小路に風花が目立つようになった。

『扇堂』は暖簾を仕舞い、店を閉めた。そして、善蔵は湯島天神裏切通町にある自宅に帰った。

鶴次郎は、善蔵の家が見える居酒屋に入り、二階の空き部屋を借りた。

空き部屋は冷え切っていた。

鶴次郎は酒と火鉢を頼み、窓の障子を僅かに開けて善蔵の家を見下ろした。

善蔵の家は静かだった。

鶴次郎は、酒を啜りながら善蔵の家を監視した。

男がやって来て善蔵の家の前に佇み、様子を窺った。

誰だ……。

鶴次郎は緊張した。

男は辺りを見廻した。

倫太郎だった。

鶴次郎は、窓の障子を音を立てて大きく開けた。

倫太郎が振り返り、怪訝な眼差しで見上げた。

鶴次郎が、居酒屋の二階の窓から顔を見せた。

「鶴次郎さん……」

倫太郎は笑顔を見せた。


鶴次郎は、倫太郎の猪口に酒を満たした。

「かたじけない……」

倫太郎は、猪口の酒を一気に飲み干し、息をついた。

「鶴次郎さんがいてくれて助かりました」

倫太郎は正直に告げた。

「私一人だったらきっと凍え死んでいましたよ」

「そいつは大袈裟だ」

鶴次郎は苦笑し、倫太郎の猪口に酒を満たした。

「で、善蔵は……」

倫太郎は銚子を取り、鶴次郎に差し出した。

「戻っていますよ。それで、何しに……」

鶴次郎は、倫太郎の酌を受けた。

「それなんですがね……」

倫太郎は、峯吉無礼打ちの背後に長田藩江戸留守居役の松田図書がいることを告げた。

「松田図書ですか……」

「ええ。そして、きっと松田は、善蔵を通じて峯吉に何かを作るように頼んだのです」

「だが、峯吉はそいつを断って無礼打ちにされた」

鶴次郎は先を読んだ。

「ええ。肝心なのは、峯吉に作るように頼んだ物が何かです」

「善蔵はそいつを知っている……」

鶴次郎は緊張を浮かべた。

「だから、榎本は松田の命令を受け、善蔵の命を狙った……」

倫太郎は頷いた。

「善蔵に訊いてみましょう」

倫太郎は勢い込んだ。

「倫太郎さん。そいつは無理ですぜ」

「何故です」

倫太郎は眉を顰めた。

「その品物が何かは、峯吉殺しの肝心なところです。下手をすれば、善蔵は峯吉殺しの一味の一人。容易に口を割ることはありませんよ」

「ですが、榎本に命を狙われていることを教えれば……」

「あっしたちを信用しますかね」

鶴次郎は手酌で酒を飲んだ。

「信用しませんか……」

「きっとね……」

「そうか……」

倫太郎は肩を落とした。

長八の夜鳴蕎麦は美味かった。

由松は、出し汁を一滴残らず飲み干した。

「美味かった……」

由松の身体は芯から温まった。

「なんならもう一杯どうだ」

「いえ。同じ一杯でも、出来たらちょいと一杯の方を……」

由松は、酒を飲む仕草をして見せた。

長八は苦笑し、湯呑茶碗に酒を満たして差し出した。

「ありがてえ」

由松は嬉しげに酒を啜った。

「それで由松、もう一人の藩士も戻って来たのかい」

「はい。風邪でもひいたのか青い顔をしちゃって……」

「青い顔……」

長八は眉を顰めた。

「ええ。今日は風花が舞うぐれえ寒かったですからねえ」

由松は酒を飲んだ。

「由松……」

長八が声を潜めた。

「はい」

「下屋敷から榎本たちが出て来た」

長八は、蕎麦を作る手を休めずに告げた。

由松は、酒を飲みながら下屋敷を窺った。

榎本が、阿部や坂井と共に隅田川に向かって行った。

「長八さん……」

「さっさと追いな」

「へい」

由松は湯呑茶碗に残った酒を飲み干し、暗がり伝いに榎本たちを追った。

榎本は、阿部や坂井に追いたてられるような歩みだった。

本所中之郷瓦町を抜けた榎本たちは、吾妻橋を渡って浅草広小路を進んだ。そして、下谷から湯島に向かった。

湯島天神裏切通町には、小間物問屋『扇堂』の番頭・善蔵の家がある。

善蔵の家に行く気だ……。

由松は微かに焦りを覚えた。

倫太郎と鶴次郎は、交代で善蔵の家を見張った。

見張りは、今や善蔵の動きではなく、榎本の襲撃に備えたものになっていた。

亥の刻四つ（午後十時）が過ぎた。

善蔵の家の前に三人の男の影が現れた。

「鶴次郎さん……」

倫太郎は、転寝《うたたね》をしていた鶴次郎を起こした。

鶴次郎は素早く起き、障子の隙間から外を覗いた。

榎本、阿部、坂井だった。

「どうします」

「行きましょう」

倫太郎と鶴次郎は、足音を忍ばせて居酒屋の二階を降りた。


何処かに鶴次郎の兄貴がいるはずだ……。

由松は焦った。

阿部と坂井は、躊躇う榎本を善蔵の家に押し出した。

「行け、榎本。行かなければお前は身の破滅だ」

阿部の囁きは震えていた。

「もう峯吉を手に掛けているんだ。善蔵を斬ったところで変わりはない」

「阿部、坂井、俺はもう嫌だ」

榎本は必死に抗《あらが》った。

「ならぬ。善蔵が町奉行所の手に落ち、何もかも喋れば長田藩はどうなる」

「榎本、これも忠義だ」

「嫌だ……」

榎本は身を翻した。

刹那、阿部が刀を閃かせた。

榎本は背中を袈裟懸けに斬られ、前のめりに倒れ込んだ。

「坂井、最早これまでだ」

「おう」

阿部と坂井は、善蔵の家の格子戸を蹴破って中に突進した。

由松は暗がりから出た。

同時に、倫太郎と鶴次郎が向かいの居酒屋から飛び出して来た。

「倫太郎さん、兄い」

由松は声を弾ませた。

「鶴次郎さん、榎本を頼みます」

倫太郎は、善蔵の家に飛び込んだ。由松が素早く続いた。

善蔵と若い後添えの悲鳴があがった。


寝乱れた姿の善蔵と後添えが、抱き合って震えていた。

阿部と坂井は、二人に刀を突きつけて今にも斬り掛からんばかりだった。

「止めろ」

飛び込んで来た倫太郎が、阿部に飛び掛かり素早い投げを打った。

阿部は、巻き込まれるように畳に叩きつけられた。倫太郎は、倒れた阿部の脾腹に拳を叩き込んだ。阿部は呻きを洩らし、意識を失った。

坂井は焦った。

由松が、拳大の石を包んだ手拭で坂井に殴り掛かった。

坂井は咄嗟に仰《の》け反り、由松の攻撃を躱した。だが、由松の攻撃は続いた。

拳大の石を包んだ手拭は、唸《うな》りをあげて坂井に襲い掛かった。

坂井は怯《ひる》んだ。

倫太郎が坂井の懐に入り、刀を持つ手を取って捻りあげた。

坂井は激痛に悲鳴をあげた。

由松が、石を包んだ手拭で坂井の横面を殴り飛ばした。頬骨の砕ける音が鳴り、坂井は崩れ落ちた。

由松が捕り縄を出し、阿部と坂井を手際よく縛り上げた。

「怪我はないか」

倫太郎は、善蔵と後添えに尋ねた。

善蔵と後添えは、恐怖に震えながら頷いた。

鶴次郎が入って来た。

「榎本、どうしました」

「死にましたよ……」

鶴次郎が悔しさを滲ませた。

「善蔵さん、榎本俊之助はあんたを斬るのを嫌がり、殺されましたよ」

「手前を斬る……」

「ええ。峯吉さん同様、口を封じるためにね」

善蔵は呆然とした。

北町奉行所定町廻り同心・山岡徳一郎は、善蔵を茅場町の大番屋に引きたて厳しく尋問した。

善蔵は何もかも白状した。

長田藩江戸留守居役松田図書は、藩邸の出入りを許している小間物問屋『扇堂』の番頭である善蔵に奇妙な相談をして来た。

相談の内容は、葵《あおい》の紋の透かし彫りの入った銀香炉を作ることだった。

葵の紋は、いうまでもなく徳川将軍家のものである。

葵の紋入りの銀香炉は、長田藩三万石飯森家の家祖が戦《いくさ》で手柄をたて、神君家康公から拝領したものだった。だが、長田藩は銀香炉の手入れを怠り、腐食させてしまったのだ。長田藩はその事実を内密にしていた。そして今、老中水野《みずの》義邦《よしくに》が銀香炉を見たいと云い出したのだ。

松田図書は慌てた。

老中水野義邦は幕閣随一の権力者であり、睨まれればどのような無理難題を押し付けられるか分からない。窮地に立った松田は、偽の銀香炉を作って凌《しの》ぐ決意をし、腕の良い錺職の斡旋《あっせん》を善蔵に頼んだ。善蔵は錺職人の峯吉を紹介した。

善蔵は、品物を納めに来た峯吉を長田藩下屋敷に伴い、松田と引き逢わせた。そして、峯吉を残して先に帰った。

その後、峯吉と松田が何を話したのかは分からない。翌日、峯吉は浅草広小路で榎本に無礼打ちにされた。

善蔵は驚き、長田藩下屋敷に駆け付けた。

そして、一晩掛けた説得にも拘らず、峯吉が銀香炉の贋物《にせもの》を作ることを断ったのを知った。峯吉が、どうして断ったのかは分からない。考えられることは、銀香炉の葵の紋の透かし彫りだ。葵の紋が、峯吉を恐れさせ、断らせたのかもしれない。

いずれにしろ、拝領の銀香炉を腐らせたことを知った峯吉を、放っておくわけにはいかない。松田は、榎本俊之助に無礼打ちを装った口封じを命じた。

榎本は、本所の下屋敷から元鳥越町の家に帰る峯吉を、浅草広小路の雑踏で無礼打ちを装って斬り棄てた。

それが善蔵の知っているすべてだった。

長田藩は、死んだ榎本俊之助と阿部や坂井を逸早《いちはや》く奉公構いとし、長田藩から放り出した。

松田は、何もかも榎本俊之助のやったこととし、藩の関与を一切否定した。そして、阿部は大番屋で舌を嚙み切り、養生所で砕けた頰骨の治療をしていた坂井は剃刀で首の血脈を切って果てた。

榎本、阿部、坂井たち若い藩士も武家の掟《おきて》の憐れな犠牲者といえた。

残る証人は善蔵だけだった。だが、長田藩は善蔵の証言を認めず、すべてを否定した。

町奉行所の支配は、大名家には及ばない。すべては闇の彼方に葬られた。

倫太郎は怒りを覚えた。

峯吉無礼打ちと善蔵襲撃は、うやむやの内に幕を閉じるしかなかった。


倫太郎は、峯吉無礼打ちの真相をおふみに伝えた。

おふみは、武家の理不尽さに泣いた。

倫太郎に慰める言葉はなかった。


年の暮れが迫った頃、地本問屋の『鶴喜』から『冬は風花無礼打ち無残』と題された黄表紙が売り出された。

黄表紙には、信濃の小大名家が藩の秘密を守るため、何の罪もない鋳職を無礼打ちにしたことが描かれていた。

信濃の大名家は匿名であったが、神田川近くに江戸上屋敷、本所に下屋敷があり、長田藩だとすぐに分かった。

世間は、長田藩の非道を憎み、悪口雑言《あっこうぞうごん》を浴びせた。

長田藩留守居役松田図書が切腹したのは、それから間もなくのことだった。

黄表紙『冬は風花無礼打ち無残』の作者は、〝閻魔亭居候〟だった。

風花は師走《しわす》の町に舞い、儚く消え去っていた。

この作品は書き下ろしです。原稿枚数322枚（400字詰め）。

閻魔亭事件草紙《えんまていじけんそうし》

夏《なつ》は陽炎《かげろう》

藤井邦夫《ふじいくにお》

平成20年6月10日　初版発行

発行者——見城　徹
発行所——株式会社幻冬舎
〒151-0051東京都渋谷区千駄ヶ谷4-9-7
電話　03(5411)6222(営業)
　　　03(5411)6211(編集)
　　振替00120-8-767643
印刷・製本—中央精版印刷株式会社
装丁者——高橋雅之

幻冬舎文庫

ISBN978-4-344-41147-0　C0193　ふ-16-2